KB080064

에어비앤비로 여행하기 : 아시아편

한 달에
한 도시

3

한 달에 한 도시 3

글/사진 김은덕, 백종민
초판 1쇄 발행 2016년 5월 20일
2쇄 인쇄 2016년 9월 26일
2쇄 발행 2016년 10월 4일

발행처 이야기나무
발행인/편집인 김상아
아트 디렉터 박기영
기획/편집 김정예, 박선정
홍보/마케팅 한소라, 김영란
디자인 뉴타입 이미지웍스
인쇄 중앙 P&L
등록번호 제25100-2011-304호
등록일자 2011년 10월 20일
주소 서울시 마포구 양화로 10길 50 마이빌딩 5층
전화 02-3142-0588
팩스 02-334-1588
이메일 book@bombaram.net
홈페이지 www.yiyaginamu.net
페이스북 www.facebook.com/yiyaginamu
블로그 blog.naver.com/yiyaginamu

ISBN 979-11-85860-17-6

값 15,000원

「이 도서의 국립중앙도서관 출판예정도서목록(CIP)은 서지정보유통지원시스템 홈페이지(http://seoji.nl.go.kr)와 국가자료공동목록시스템(http://www.nl.go.kr/kolisnet)에서 이용하실 수 있습니다. (CIP제어번호: CIP2016012583)」

ⓒ 김은덕, 백종민
이 책은 저작권법에 따라 보호받는 저작물이므로 무단전제와 무단복제를 금하며,
이 책 내용의 전부 또는 일부를 인용하려면 반드시 저작권자와 이야기나무의 서면동의를 받아야 합니다.
잘못된 책은 구입하신 곳에서 교환해 드립니다.

에어비앤비로 여행하기 : 아시아편

한 달에 한 도시

3

전혀 새롭지 않은, 그러나 모든 것이 새로운

남미를 떠나 베를린의 한 공원에 앉았다. 목적도, 계획도 없는 동네 산책에 이만한 장소가 없다. 가만히 앉아 책을 읽어도 좋고, 은덕과 가벼운 수다를 떨어도 좋다. 그것도 지친다면 의자에 누워 잠깐 눈을 붙인다.

'새로이 시작된 8개월의 여정을 어떻게 꾸려가면 좋을까?' 따위의 걱정을 하다가 이내 집어치웠다. 그동안 꿈꿨던 삶을 살아 보고 싶어 여행을 떠났고 1년하고 반을 길 위에 있다. 앞으로도 마음이 움직이는 대로, 오늘이 가장 행복한 하루가 되도록 최선을 다해 즐기면 된다.

공원을 거닐고, 시장을 찾아다닌다. 도서관에 앉아 글을 쓰고, 사람들과 이야기를 나눈다. 낯선 이국의 땅이 우리 동네가 되고, 이방인인 우리에게 손 흔들어 인사하는 익숙한 사람들이 생긴다. 관광이 아닌 여행, 여행을 넘어 삶을 공유하고 있다. 이전에도 그랬고 앞으로도 그렇게 여행할 것이다.

No.

Date.

아직 끝은 아니다. 여전히 씨를 뿌리고 있고 8개월이란 시간이 우리 앞에 남아 있다. 낯선 풍경 속에서 사진도 찍고 익숙하지 않은 음식을 맛볼 수 있는 여행이 즐겁다. 그보다 일상에서 벗어나 여유를 즐기는 삶이라는 것이 더욱 사랑스럽다.

우리 인생의 한순간이 번쩍이고 있다. 전혀 새롭지 않은, 그러나 모든 것이 새로운 여행의 세 번째 장을 연다.

시작하는 글 전혀 새롭지 않은, 그러나 모든 것이 새로운 4

첫 번째 달
이스탄불
우리는 그동안 이렇게 지냈어요 10
명절엔 역시 쌈박질 / 사고 그리고 백만 불짜리 보험 / 너희들의 여행은 무엇을 위한 거니 / 가족의 재발견 / 팽이 파는 소년의 눈물 / 케밥의 나라, 터키 / 눈물 젖은 치킨

두 번째 달
테헤란
오해와 편견 사이에서 52
환대는 이들처럼 / 이 나라를 어쩌면 좋니 / 현지인을 만나는 방법 / 테헤란의 택시 호갱님 / 호텔, 마이 스위트 호텔 / 검열하는 사회 / 이맘 광장은 덤이었어 / 겁 없는 아내와 걱정 많은 남편

세 번째 달
히말라야
함께 걷는다는 것의 의미 102
안녕, 낯선 사람 / 끌려가는 인생 / 단풍놀이 / 고행 길 / 고산증의 시작 / 나의 발걸음, 나의 속도 / 가방의 무게 / 거북이가 달렸다 / 선택의 기로 / 말을 달리다 / 서러운 종착지 / 애증의 관계 / 미완의 아쉬움 / 뒤바뀐 카트만두 /

네 번째 달
고아
이곳이 고향이라면 참 좋겠네 148
델리의 두 세계 / 기승전, 인포메이션 센터 / 고아가 어떤 곳이냐고 묻는다면 / 우리는 이상한 동네에 산다 / 티켓보다 아까운 쿠폰 / 성탄절, 나누는 기쁨 / 강아지들은 어디로 갔을까 / 초보 서퍼 납시오

다섯 번째 달 만달레이

미얀마, 네 속을 보여 줘 198

만달레이의 첫 느낌 / 미얀마의 속사정 / 구치소의 문턱에서 / 주머니와 부조리 / 타나카 공장을 견학하다

여섯 번째 달 방콕

친구가 생겼어요 232

약자는 서럽다 / 여행에 사치가 필요한 이유 / 유엔에서 밥 먹자 / 백종민 선생의 다이어트 도전기 / 내게도 친구가 생겼어요 / 내 억울함에 관하여 / 특별한 날을 보내는 법

일곱 번째 달 롬복

여행과 결혼은 서로 닮았다 270

롬복을 만나러 가는 길 / 노천 수영장, 정전 그리고 망고스틴 / 눈뜬장님과 바다거북 / 특이한 여자사람과 산다는 것 / 아무짝에도 쓸모없는 여행자 한 세트 / 내 아내는 둘이에요 / 매운 고추, 롬복

여덟 번째 달 타이베이

우리 인생의 호우 시절 308

이런 만두는 처음이에요 / 중국어 계약서에 도장 찍고 싶어라 / 두려움 없는 사랑 / 아이고, 잘생긴 오빠 / 은덕의 D-1 / 종민의 D-1

맺음말

불편할 뿐이지 부족하지 않아 340

* 해당 국가의 사회적 상황을 고려해 본문에 등장하는 현지인의 이름은 대부분 가명을 사용했습니다.

세 번째 달
함께 걷는다는 것의 의미
네팔
Nepal
다섯 번째 달
미얀마, 네 속을 보여 줘
미얀마
Myanmar
대한민국
Korea
대만
Taiwan
여덟 번째 달
우리 인생의 호우 시절
여섯 번째 달
친구가 생겼어요
태국
Thailand
일곱 번째 달
여행과 결혼은 서로 닮았다
인도네시아
Indonesia

1

첫 번째 달 / 이스탄불

우리는 그동안 이렇게 지냈어요

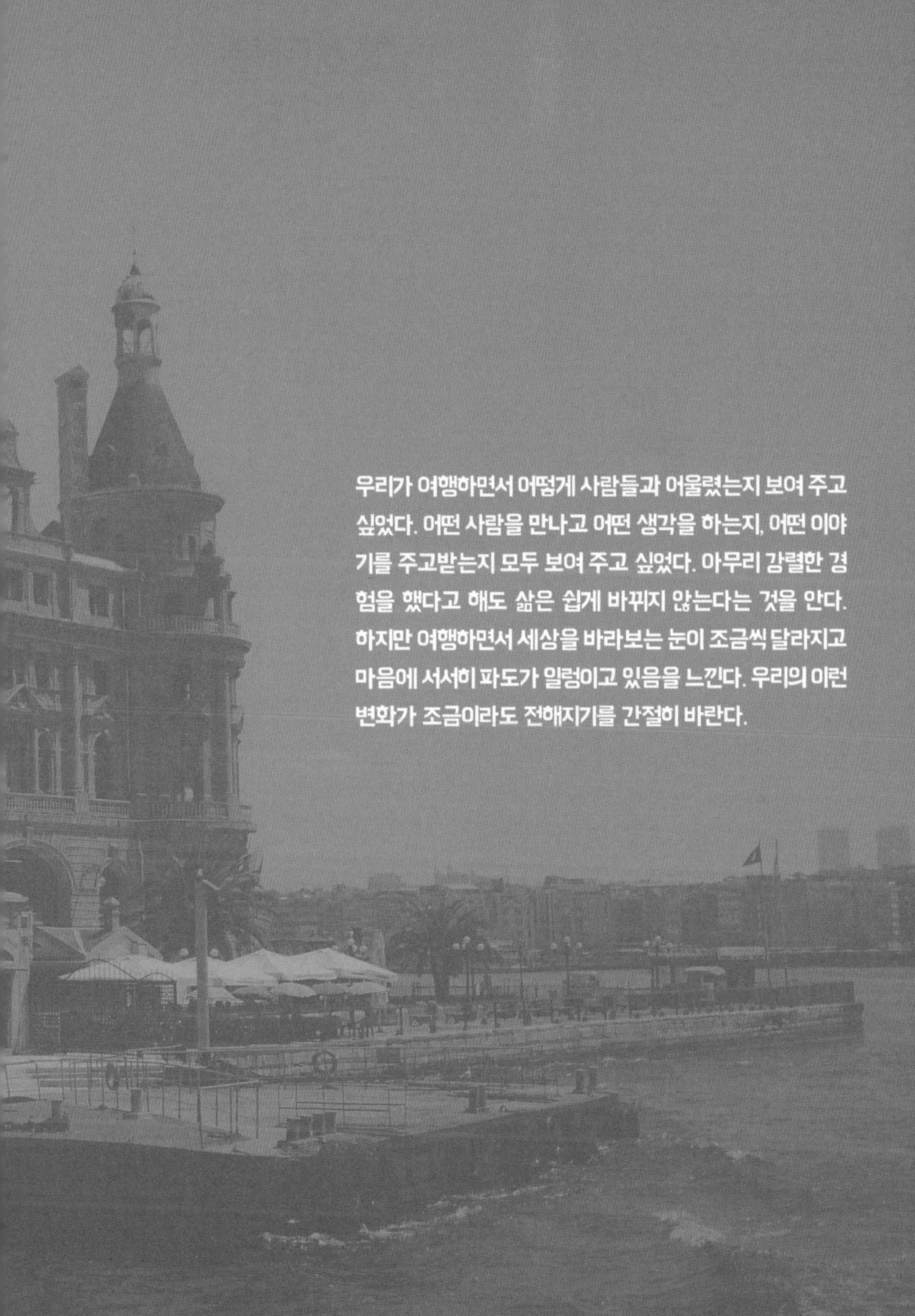

우리가 여행하면서 어떻게 사람들과 어울렸는지 보여 주고 싶었다. 어떤 사람을 만나고 어떤 생각을 하는지, 어떤 이야기를 주고받는지 모두 보여 주고 싶었다. 아무리 강렬한 경험을 했다고 해도 삶은 쉽게 바뀌지 않는다는 것을 안다. 하지만 여행하면서 세상을 바라보는 눈이 조금씩 달라지고 마음에 서서히 파도가 일렁이고 있음을 느낀다. 우리의 이런 변화가 조금이라도 전해지기를 간절히 바란다.

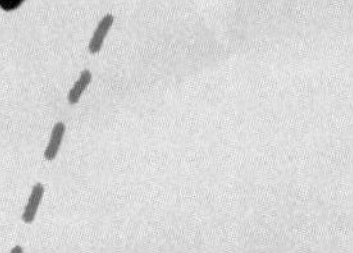

아크히사르
Akhisar

우샤크
Usak

아이딘
Aydin

데니즐리
Denizli

앙카라
Ankara

터키
Turkey

코니아
Konya

아다나
Adana

메르신
Mersin

첫 번째 달
이스탄불 1

명절엔 역시 쌈박질

글 / 

"공항에서 숙소까지 가는 길 찾아 봤어?"
"찾긴 뭘 찾아. 이젠 눈 감고도 갈 수 있는데! 이스탄불은 우리 동네야."

낯선 이국땅에서 한 달을 보내고 나면 그 도시는 우리 동네가 된다. 『한 달에 한 도시: 유럽편』의 두 번째 도시였고, 나를 기다리는 친구가 있는 이스탄불Istanbul은 더 이상 남의 동네가 아니다. 처음 방문했을 때 이 도시의 첫인상은 '오지랖'이었다. 호기심 많은 터키 사람은 은덕과 나를 유심히 살폈고, 길이라도 물으려고 하면 기다렸다는 듯이 삼삼오오 몰려들었다. 이번에도 여지없다.

공항에서 시내로 가는 버스를 타기 위해 이스탄불 카르트istanbulkart: 이스탄불 교통카드를 사러 줄을 섰다. 이런 우리를 보고 주변에 있던 사람들은 기다렸다는 듯이 사용법과 충전법을 알려 주기 시작했다. 방법은 알고 있었지만 새로운 친구들과 나누는 첫인사이니만큼 잠자코 듣는다.

'아, 자네들은 여전히 친절하구먼. 하지만 이보게 친구들. 작년에는 나를 가리켜 싸이 닮았다며 몰려들었는데 이젠 그런 소리를 하지 않아서 섭섭하군. 알 수 없는 이 마음은 무어란 말인가!'

터키에서 명절을

이스탄불이 유난히 친근하게 느껴지는 건 이곳에서 가족을 만나기 때문이다. 터키 부르사Bursa에 사는 동생, 세계여행 중인 은덕과 나 그리고 한국에 계신 부모님이 이스탄불에서 모이기로 했다. 명절이 코 앞인 것을 핑계 삼아 오랜만에 만나 명절을 함께 맞기로 했다.

자식들 모두 물 건너 남의 나라에 있는 탓에 몇 번의 명절을 외로이 보내신 부모님은 기쁜 마음으로 먼 길을 날아왔다. 부모님의 여행 가방은 온통 먹거리였다. 오랜만에 손수 음식을 차려 주고 싶은 마음을 알기에 감사하면서도, 저 무거운 짐을 들고 몇 번이나 비행기를 갈아탔을 고생스러움을 생각하니 마음과는 달리 툴툴거리고 말았다.

"한국 음식 생각 안 난다는 데 뭐 이렇게 많이 싸오셨어요!"

그동안 부모님과는 인터넷을 통해 서로의 안부를 묻고, 몇 차례의 가벼운 언쟁도 나누며 감정을 공유해 왔었다. 하지만 얼굴을 마주하니 감정이 요동쳤는지 아버지께서는 저녁 식사 자리에서 눈물을 보이셨다. 살짝 오른 취기 탓도 있었겠지만 터키에서 직장 생활하는 막내의 타향살이와 길 위에서 여행하며 사는 우리를 보니 감정을 주체하기 힘드셨나 보다. 아버지의 어깨가 흔들리는 모습에 나 또한 슬퍼졌다.

먼 길 오셨으니 많은 곳을 보여드리고 싶었다. 그러나 부모님은 시차 적응에 실패해 밤낮이 바뀌었고, 세상을 녹여 버릴 것 같은 이스탄불의 더위에 질린 상태였다.

부모님표 밥상 하나로 고향에 온 기분

"좀 피곤하니 오늘은 집에 있으련다. 우리 걱정 말고 나갔다 오렴."
"그러길래 시차 적응에 신경 쓰시라니까! 제가 어떡해서든 잠자리에 들어야 한다고 했잖아요. 집에 있으려면 이 먼 곳까지 왜 오셨어요."

시차 때문에 고생하시리라는 걸 알고 한사코 낮잠을 말렸지만 쏟아지는 잠을 이기지 못하고 주무시는 모습이 답답해 큰소리를 내고 말았다. 은덕은 그런 내 모습이 조마조마했는지 식탁 밑에서 내 허벅지를 꼬집거나 발로 차기 일쑤였다. 옆에 있던 동생 녀석도 큰소리를 냈다.

"형 고집대로 하지 말라고. 엄마, 아빠가 쉬고 싶다잖아."

명절을 맞은 가족을 한 편의 극으로 표현하자면 이런 식의 흐름이 아닐까? 도입부는 오랜만에 만나 행복한 시간을 보낸다. 이때 가장 중요한 포인트는 편안하지만 살짝 거리감이 느껴지는 말투와 표정이다. 그러다 서로에 대한 배려가 줄고 조심스러웠던 단어 선택도 사라지며 사소한 갈등이 등장한다. 이때쯤 누군가 클라이맥스로 가기 위한 사건을 폭발시켜야 한다. 주로 케케묵은 과거사를 들춰 갈등이 증폭되고 집 안이 시끄러워진다. 그렇게 짧은 명절 휴가가 지나고, 미안한 감정을 표현하지 못한 채 각자의 생활로 돌아가는 결말. 이렇게 끝나야 한 가족이 등장하는 '명절'이란 극에 걸맞겠지. 더 있다가는 정말 그대로 될 것만 같아 은덕과 둘이서 이스탄불 시내인 탁심Taksim으로 향했다. 길을 거닐자 온갖 생각이 머리를 떠나지 않았다.

그 여자네 집 사정
그 남자네 집 사정

은덕을 만나기 전까지는 우리 식구의 유난스러운 가족 사랑을 객관적으로 보지 못했다. 여느 가족도 당연히 각자의 방보다 거실에 모여 수다를 즐기고, 더운 여름날이면 에어컨 앞에서 함께 잠드는 줄 알았다. 서른을 넘긴 자식들과 환갑의 부모가 여전히 돈독하게 지내는 것이 우리 집 풍경이다.

은덕의 가족은 현관에서 인사하고 쪼르르 각자의 방으로 들어간다. 식사도 각자의 시간에 맞춰 알아서 해결하니 밥상에서도 얼굴을 마주하기 힘들 지경이다. 이런 가정도 존재함을 은덕을 통해 처음 알았다. 그녀의 집에서 처음 받은 밥상 또한 잊지 못한다. 늘 고기반찬이 나오는 우리 집과 달리 채소와 생선이 주를 이루고 있어서 내 젓가락은 어디로 향해야 할지 몰랐다. 결혼 후에야 모든 가정이 우리 집 같지 않으며 집집마다 각자의 문화와 사정이 있음을 알게 되었다.

어쨌든 우리 가족은 서로에 대한 남다른 애정을 과시하며 살아왔으나 어느 날 갑자기 동생 녀석이 훌쩍, 비행기로도 12시간이나 떨어진 나라로 떠났다. 그리고 나와 은덕은 행복을 찾겠다며 오랜 여행을 시작했다. 시골 어딘 가에 앉아 손주의 똥 기저귀나 갈며 보내려던 부모님의 노년은 졸지에 산산조각이 났고 다시는 이어 붙일 수 없는 그림이 되었다.

"앞으로 부모님과 여행을 2주나 더 해야 하는데 계속 이럴 거야?"

보다 못한 은덕이 한 소리 거들지 않았더라면 부모님과 화해 하지 못했을 것이다. 다행히도 부모님은 아무 일 없었던 것처럼 우리를 반겼다. 어쩌면 이 구성원 중 가장 속이 좁은 건 나일지도 모른다. 보통의 존재로 평생 살아왔고, 평범하게 노년을 맞고 싶었던 부모님께 내가 할 수 있는 말은 무엇일까? '고맙다 그리고 미안하다.'라는 말을 꺼내지 못한 채 우리 가족만의 서글픈 명절이 지나가고 있었다.

첫 번째 달
이스탄불 2

사고 그리고 백만 불짜리 보험

글 / 

부모님과 지중해의 작은 마을, 닷차Datça로 향했다. 그곳에는 숙소의 호스트이자 친구인 야샴Yaşam의 부모님인 콜한Korhan과 피겐Figen이 살고 있다. 그들은 전직 저널리스트로 지난해 여행의 시작과 함께 만났고 우리에게 세상은 넓으며 다양한 생각과 가치가 존재함을 알려 주신 분들이다. 동영상까지 만들며 적극적으로 기록하게 된 것은 피겐과 콜한의 영향이 컸다. 그분들을 만나러 가는 길에 이번에는 부모님이 동행했다. 이스탄불의 사비하 곽첸 공항Sabiha Gökçen International Airport에서 출발해 1시간을 날아 달라만 공항Dalaman Airport에 도착했다. 작년에는 종민과 나 둘이었지만 이번에는 일행이 있으니 렌터카를 빌리기로 했다.

"아버님의 한국 면허증이 필요해요. 그게 없으면 빌려줄 수 없어요."

몇 달 전, 아버지 이름으로 예약한 렌터카 회사에서 청천벽력 같은 소리를 했다. 종민의 국제운전면허증 기간이 만료되어 아버지에게 한국에서 국제운전면허증을 만들어 오시라고 부탁했다. 아뿔싸, 아버지는 국제운전면허증은 만들어 오셨지만 한국 면허증은 두고 오셨던 것이다.

렌터카가 없으면 우리는 짐을 끌고 공항에서 버스를 타고 마르마리스Marmaris에 가서 다시 버스를 타고 닷차로 간 다음, 또 버스를 타고 팔라뮤뷔키Palamutbükü로 가야 한다. 4시간 동안 버스를 3번이나 갈아타는 고된 여정을 연로한 부모님과 할 수는 없었다.

"난 이것만 가져오면 되는 줄 알았지. 어쩌지? 얘들아."
"아빠가 당연히 한국 면허증도 가져올지 알았지. 여기 국제운전면허증에 한국 면허증도 제출해야 한다고 쓰여 있잖아!"

꼼꼼하고 좀처럼 실수를 안 하시던 분이 먼 이국땅에서 잔뜩 움츠려 있었다. 어머니는 어머니대로 뜨거운 태양 아래 땀을 뻘뻘 흘리며 안절부절못하고 있었다. 종민은 부모님의 마음은 안중에도 없이 다급한 상황에서 짜증 내고 사람을 불편하게 만드는 못된 버릇을 드러내고 있었다. 나는 한쪽 구석에 앉아 국제운전면허증을 꼼꼼히 살펴봤다. 종민이 이러는 걸 한두 번 본 것도 아니고 얼른 부모님의 불편한 마음을 덜어드리고 싶었기 때문이다.

대부분의 국가에서는 1년 이내에 발급된 국제운전면허증이 유효하다.

그래, 이거다! '대부분'이라는 뜻에는 '예외'도 있음을 의미한다. 종민의 국제운전면허증은 유효 기간이 지났지만 예외가 될지도 모를 일이다. 종민은 안 될 거라며 회의적인 목소리로 무거운 엉덩이를 움직였다. 잠시 후, 그가 환하게 웃으며 우리를 쳐다봤다. 부모님도 그제야 안도의 한숨을 쉬셨다. 어젯밤 혹시 모르니 종민의 면허증도 챙기라고 한 것이 천만다행이었다.

우리도 그들처럼

서류를 작성하니 보험을 들 차례가 됐다. 여행하는 동안 몇 번 차를 렌트했지만 비싼 금액 때문에 보험을 들지 않았다. 하지만 부모님도 함께 있으니 고민이 되었다.

“애들아, 고민하지 말고 아빠 말 들어. 제일 비싼 보험으로 들어.”

아버지의 명쾌한 결단 앞에 종민과 나는 찍소리도 못하고 신용카드를 내밀었다. 아버지의 결정이 옳았음은 이틀 후, 사건을 통해 밝혀졌다. 조용하고 아름다운 해변을 찾아 차를 타고 움직일 때였다.

“저기 해변이 어떨까? 아니다. 저쪽이 더 낫겠다. 방향을 틀어 보자.”

평소에도 흥이 많으신 어머니는 이날따라 기분이 한껏 들떠서 차 안은 어느 때보다 활기가 넘쳤다. 사실 좀 시끄러웠다는 표현이 맞을 것이다.

“쿵!”

멋진 해변을 갈구하는 어머니의 말에 귀를 기울이면서 주차하던 종민이 그만 사고를 냈다. 후진하다가 고목나무를 들이받았고 오른쪽 후미등이 완전히 박살 났다. 정신을 혼미하게 만들던 어머니의 수다는 뚝 끊겼고 차 안은 무거운 정적이 흘렀다. 하지만 누구도 어머니를 탓하지 않았다. 우리에게는 무적의 ‘보험’이 있었고 누구를 탓할 만큼 모진 가족도 아니었다. 오히려 어머니가 자신의 탓이라 책망하지 않고 유쾌하게 물놀이에 전념해 주셔서 감사했다. 아버지처럼 잔뜩 움츠리는 것도 대장부 같은 우리 어머니에게 어울리지 않았을 것이다.

부모님에게는 분명 예지력이 있다

꼼꼼하고 호기심이 많지만 여린 아버지와 씩씩하고 사교적이지만 말이 많아도 너무 많은 어머니. 그러고 보면 아버지와 어머니도 우리만큼이나 성격이 상반되는 분들이다. 한평생 오늘의 차 사고 같은 일을 겪으면서도 상대방 탓하지 않고 사셨으니 성격이 정반대인 우리도 헤어지지 않고 잘 살 수 있으려나?

첫 번째 달
이스탄불 3

너희들의 여행은 무엇을 위한 거니

글 / 

작년에는 콜한과 피겐의 집에 머물렀지만 부모님과 함께하는 이번 방문은 좀 더 넓은 피겐의 어머니 집에서 지내기로 했다. 같은 집에 머물지 못해 아쉬웠지만 매일 아침저녁으로 콜한과 피겐을 찾아가 차를 마시고 이야기를 나눴다. 우리는 그들에게 여행하면서 겪은 갖가지 에피소드와 책 이야기를 털어놨다.

"종민과 은덕은 영리하고 대단히 용기 있는 젊은이들이에요."

저녁을 먹으며 콜한이 부모님에게 한 말을 종민은 쑥스러워서 통역하지 못 하겠다고 손사래를 쳤다. 할 수 없이 내가 전달했지만 부끄럽기는 매한가지였다. 아직도 우리는 처음 만난 날 그들이 던졌던 질문을 또렷이 기억한다.

"너희들의 여행은 무엇을 위한 거니?"

1년 6개월 전, 콜한과 피겐의 조언을 듣고 우리는 콘텐츠를 만들고 지속 가능한 여행을 고민했다. 우리의 이야기가 책이 될 수 있도록 출판사에 기획안을 보냈던 것도 그들이 던진 질문 때문이었다. 여행하는 동안 끊임없이 영감을 주었던 피겐과 콜한. 사회적으로 성공하고 돈을 많이 버는 삶은 아니지만 여행을 계속하면서 책을 내기까지 두 사람의 조언은 늘 힘이 되었다.

부모님은 고마운 분들께 맛있는 저녁 식사를 대접하겠다며 팔을 걷어붙였다. 난생처음 외국에서 만드는 한식이라 이것저것 부족했지만 김밥과 닭갈비 그리고 미역국까지 준비하셨다. 작년에 우리가 한식이랍시고 어설프게 주먹밥을 만들었던 것에 비하면 진수성찬이 따로 없었다. 피겐과 콜한은 너무나도 맛있게 먹어 주었다.

"음식이 너무 맛있어서 우리만 먹기 아쉬워요. 동네 친구들에게도 나눠 주고 싶어요. 그래도 되죠?"

사실 부모님이 작정하고 음식을 만든 데는 또 다른 이유가 있었다. 어젯밤, 콜한과 피겐이 부모님께 평생 잊지 못할 황홀하고 요상한 추억 하나를 만들어 주었기 때문이다. 우리가 도착한 날은 마침 피겐의 생일이었는데 집이나 레스토랑에서 파티를 할 것이라는 예상이 보기 좋게 빗나갔다.

"닷차에 이사 온 이후로 매년 산 언덕에서 파티를 하고 있어. 친구들이 20명쯤 모일 거야. 터키뿐만 아니라 프랑스, 오스트리아 그리고 한국에서 온 너희 가족들까지 말이야."

파티란 자고로
산에서 해야 제맛

나는 부모님에게 여행하면서 우리가 어떻게 사람들과 어울리는지 보여드리고 싶었다. 어떤 사람을 만나고 어떤 생각을 공유하며 어떤 이야기를 주고받는지 말이다. 부모님은 말도 안 통하는 외국인들과 파티를 하는 것이 영 내키지 않는 눈치였다. 언어도 안 통하고 술과 춤을 좋아하는 분들도 아니니 발걸음이 쉬이 떨어지지 않았을 텐데도 파티에 참석하신 것은 대단한 용기였고 우리에게도 무척 고마운 일이었다.

산 정상에서 피겐의 생일파티가 열렸다. 은퇴한 은행원, 기자, 화가, 통역가 등 세계 각지에서 모인 친구들이 각자 준비한 음식과 집에서 담근 와인을 테이블 위에 올려놓았다. 스피커를 차에 연결해 음악을 틀고 살랑이는 바람에 맞춰 춤을 추기 시작했다. 붉은 해가 산 정상에 다가왔을 무렵 오늘의 주인공, 피겐이 친구들을 향해 감사의 인사를 전했다. 부모님도 파티 분위기에 익숙해지셨는지 손님들과 함께 음식을 먹으며 이 순간을 즐기고 계셨다.

"어떻게 음식을 각자 싸올 수가 있니? 허허. 살다 보니 별 희한한 일도 다 본다."

부모님은 손님을 초대하면서 음식을 직접 싸오게 하는 것이 충격적이었나 보다. 그도 그럴 것이 누군가에게 음식을 만들어서 대접하는 걸 당연하게 여기시는 분들이셨다. 이렇게 각자 음식을 준비하는 이들의 문화를 어떻게 받아들이실까? 혹시라도 한국에서 이런 방식의 잔치를 열진 않으실까? 아마 그럴 일은 없을 것 같다. 아주 작은 부분이더라도 각자 쌓아온 삶의 방식은 쉽게 바뀌지 않는다. 부모님도 한국으로 돌아가면 지금껏 살아온 방식으로 삶을 이어갈 것이다. 그 또한 삶의 한 방식이니 강요할 것도, 바꾸기 위해 노력할 필요도 없을 테지.

시원한 바람이 불어오는 언덕, 간이의자에 앉아 노을빛에 물든 산을 바라보았다. 지금 부모님께서는 어떤 생각을 하고 계신 걸까? 여행을 통해 세상을 바라보는 눈이 달라지고 있는 우리처럼 그들에게도 마음의 변화가 찾아왔을까?

부디 파티가 즐거우셨기를,
우리는 그동안 이렇게 지냈어요

첫 번째 달
이스탄불 4

가족의 재발견

글 / 

8월의 끝물이라도 이스탄불은 서울의 한여름보다 무더웠다. 한 걸음을 내디딜 때마다 땀이 줄줄 흐르고 강렬한 태양은 모든 것을 녹일 듯했다. '무더웠다.'라는 말로 끝내기에는 부족했는데 정신줄을 잡고 있기에도 힘겨운 날씨였다는 게 맞을 것이다. 우리 중 먼저 지친 것은 엄마였다. 아줌마들이 입는 시원한 옷, 일명 냉장고 원단으로 만든 옷을 입고 계셨지만 이곳의 더위를 견디기에는 역부족이었다.

첫 번째 발견, 엄마의 소대나시

엄마는 이스탄불에 도착한 후로 한낮 태양의 열기가 몸에 남았는지 밤마다 뒤척거렸다. 당신은 살을 드러내야 하는 옷, 그러니까 평생 한 번도 입어 본 적이 없는 그런 야시시한 옷이 필요하셨을 게다. 참다못한 엄마는 세일 중인 옷 가게에 들어가 민소매 옷을 두어 벌 고르셨고 그걸 옆에서 지켜보시는 아빠의 표정은 일그러졌다. 엄마가 고른 옷은 얇은 어깨끈과 속이 훤히 비치는 원단으로 만든 옷이었다. 우리 중 누구도 더위에 지친 그녀를 말릴 수 없었다.

"은덕아, 너무 야하지 않니? 가슴이 다 보인다. 호호호."

아빠의 표정은 물론 때마침 도착한 동생마저 너무 야하다고 얼굴을 일그러뜨린다. 문득 유난히 땀을 많이 흘리는 엄마가 그동안 소대나시 그러니까 민소매 티셔츠를 입지 않은 이유가 타인의 시선, 그리고 가족의 의사가 더 중요했기 때문이라는 것을 눈치챘다.

탁심을 지나 갈라타 타워The Galata Tower, 이스탄불 시내가 한눈에 보이는 전망대가 있다.로 가면서 우리는 속도를 좀처럼 내지 못했다. 터키의 아름다운 타일 장식, 관광객을 유혹하는 소품 그리고 수많은 먹거리 때문이었다.

"너희랑 있는 게 더 좋은데 또 어딜 가니. 돈 쓰지 말고 그냥 집에 있자."

탁심 광장Taksim Square, 이스탄불 관광지구으로 가자고 했을 때, 엄마는 손사래를 쳤다. 그런데 막상 이곳에 오니 쇼핑에 취해 도통 걸음을 옮기지 못했다. 거기에 은덕까지 합세해 이 가게, 저 가게를 구경하다 보니 목적지는 고사하고 골목길 하나도 벗어나기 힘들었다. 포기하고 저만치 떨어져서 앉아 있는데 은덕이 살짝 와서 말을 건넨다.

"종민, 너 엄마 모시고 쇼핑 자주 안 했지? 좋아하시긴 하는데 물건을 천천히 보는 게 아니라 급하게 고르기만 하셔."

생각해 보면 엄마와 함께 쇼핑한 기억이 없었다. 고작 싸구려 반지 하나를 고르면서도 즐거워서 어쩔 줄 몰라 하는 엄마 옆에 가만히 서 있는데 살짝 눈시울이 붉어졌다. 당신도 한때 소녀였을 텐데 무엇이 지금의 억척스러운 아줌마로 만들었을까 싶어 마음이 울렁거렸다.

엄마가 소녀였던 시절의
미소가 보고 싶다

두 번째 발견,
라면을 끓이며

이스탄불 공항에서 부모님을 만나 집으로 돌아온 시간은 새벽 3시. 아버지와 나는 라면을 끓였다. 공복의 허기를 달랜다기보다는 우리만의 인사법이었다. 군대에서 휴가를 나왔을 때도 중국에서 막 귀국했을 때도 아빠와 나의 인사는 라면 끓이기였다. 새벽이든, 한밤중이든 함께 밥을 먹어야 나는 집에 온 것 같았고 아빠는 아들이 돌아온 것을 실감했다. 1년 6개월 만에 만난 아빠와 나는 서로를 안고 인사를 나누는 대신 새벽 3시, 이스탄불 숙소에서 그렇게 라면을 끓였다.

두 사람이 여행하면서 가방을 싸는 것보다 힘든 일은 지구 상에 존재하지 않을 것이다. 은덕과 내가 가장 많이 싸우는 순간도 늘 가방을 쌀 때였다. 부모님도 예외는 아니었다. 완벽주의자인 아빠는 가방 안에 짐이 더 이상 들어갈 틈이 없을 때까지 고민하고 또 고민하며 물건을 채워 넣었다. 그런 모습에 엄마는 좀처럼 이해할 수 없는 논리로 아빠의 짐 싸기를 빈정거렸다. 나라면 벌써 수십 번을 싸웠을 텐데 아빠는 큰소리 한 번 내지 않고 묵묵히 짐을 쌌다. 대신 엄마가 자리를 비우면 나를 보며 한숨 한 번 쉬고는 웃어넘기셨다.

어린 시절, 기억 속의 아버지는 독불장군이었다. 다혈질인 데다 완벽주의자에 가까운 성격으로 가족 누구도 아빠의 기대를 따라가기 힘들었다. 이런 아버지의 성격에 누구보다 힘들었던 것은 엄마였고 나는 늘 엄마 편이었다. 언제부터였을까? 전원 스위치를 올리고 내리듯 한순간에 바뀐 것은 아니겠지만 아버지의 성격이 달라졌음을 느낄 수 있었다.

여행 내내 아버지는 무던히 참으셨다. 당신은 어떤지 몰라도 은덕과 내가 본 모습은 그러했다. 엄마는 끊임없이 아버지의 행동을 빈정거리거나 비난했다. 객관적으로 봤을 때는 엄마야말로 억지를 부리고 있었지만 엄마를 나무라지 않으시고 그저 듣고만 계셨다. 그 모습은 한쪽 귀로 듣고 한쪽 귀로 흘리는 수준을 넘어 마치 달관의 경지에 이른 성인 같았다.

나도 나이가 들면 아버지처럼 달관하게 될까 생각해 봤지만 그리되진 않을 것 같다. 나보다는 은덕이 아빠 성격을 닮았으니까 변해도 은덕이 변해서 언젠가는 호호호 웃으며 나의 못된 성격을 웃어넘길 테지. 혹은 엄마처럼 내가 은덕의 행동을 하나하나 빈정거리며 늙어가게 될까?

세 번째 발견,
책만 읽은 은덕

이스탄불에 부모님이 도착한 순간부터 나는 불안했다. 부모님과 은덕이 사소한 문제로 언쟁을 벌이지 않을까 하는 걱정 때문이었다. 은덕은 부모님들이 바라는 살가운 며느리가 아니다. 참, 우리 집에서는 '남의 집에 기생하는 아이'란 뜻이 있다는 '며느리'라는 말도 쓰지 못한다. 물론, 은덕의 의지다.

은덕은 자아가 강하고 표현이 거침없어 언제나 위태한 순간을 연출한다. 하지만 그녀의 성격이 가식이 없다며 어른들은 예뻐한다. 반면 가식의 스팽글을 치렁치렁 달고 있는 나는 관계를 오래 이어가는 어른이, 아니 사람이 없는 편이다. 이스탄불에 도착한 날부터 엄마는 음식을 끊임없이 만들었다. 그때마다 곁에서 마늘이라도 까야 하는 것이 아닌가 눈치를 보는 나와 달리 은덕은 한국에서 공수해 온 책 읽기에 바빴다.

시간을 달려
우리의 미래를
보고 싶다

"은덕아, 책만 읽고 있으면 어떻게 해. 눈치 안 보여?"

은덕은 자리에서 일어나 엄마 옆으로 가기는 했지만 도울 일이 없는지 여쭙고 해야 할 몫을 한 다음에는 다시 책을 읽었다. 은덕의 말투도 신경 쓰였다. 부모님과 지나치게 짧은 말투로 대화를 나눴다. 얄밉기도 했지만 부모님을 가깝게 생각하지 않는다면 할 수 없는 행동이기도 했다. 고맙게도 은덕은 자기 부모님께 하듯 내 부모님에게 똑같이 행동한다. 덕분에 우리 부모님은 은덕이 앞에 있어도 다투기도 하시고 꽁꽁 감춘 모습도 드러내신다.

일정이 바쁘고 금전적으로도 여유가 없었지만 부모님을 이곳에 오게 한 건 잘한 일이었다. 때로는 말도 안 되는 고집을 피우셔서 피곤하기도 했지만 그래도 아직은 건강하고 잘 웃으시니 가능한 일이다. 여행이라는 것이 건강도, 시간도, 돈도 다 있어야 할 수 있는 것인데 부모님의 시간은 내 편이 아닐 테니까. 이번에 함께 한 여행은 참말로 잘한 짓이다. 긴 여행 중에 무리해서 부모님을 이곳을 모신 은덕이 새삼 고맙다.

첫 번째 달
이스탄불 5

팽이 파는 소년의 눈물

글 / 

지난 2주간 함께 터키를 여행한 부모님이 한국으로 돌아가신 뒤, 다시 우리 둘만의 여행이 시작되었다. 우리 둘만의 여행이라는 것은 특별한 장소를 찾아다니기보단 가만히 한곳에 머무르고, 생각하는 시간이 늘어난단 뜻이기도 하다.

술탄아흐멧SultanAhmet, 이스탄불의 대표적인 이슬람 사원 앞 벤치에 잠시 앉았다. 이곳 사람들은 여전히 친절과 오지랖 사이를 아슬아슬하게 넘나들었고 중동과 지중해, 유럽의 이미지가 공존하는 도시의 모습도 그대로였다. 하지만 1년 전과 다르게 어딘가 미묘한 변화가 생겼다. 폐품을 모으거나 조잡한 기념품 따위를 파는 사람이 눈에 띄게 많아졌다. 구걸하는 이들도 적지 않았다. 시골에서 상경한 사람들인가 했는데 어딘가 생김새가 달랐다.

"시리아Syria와 이라크Iraq에서 넘어오는 난민의 숫자가 너무 많아."

닷차에서 만난 친구, 무스타파Mustafa의 이야기가 생각났다. 바다에서 부모님과 놀고 있을 때, 무스타파가 먼저 말을 걸어왔다. 여름 휴가 차 닷차에 왔다며 아시아인이라고는 찾아볼 수 없는 곳까지 흘러온 우리에게 깊은 관심을 보였다. 이전과는 달리 부쩍 많아진 난민에 대해 터키인은 어떤 생각을 하는지 궁금해졌다.

난민,
먼 이야기인 줄만 알았다

이스탄불 태생인 그는 40년 동안 이 도시의 변화를 가까이에서 지켜봤는데 최근 폭발하고 있는 난민의 숫자가 부담스럽다고 했다. 그들이 터키로 도망쳐 오는 것을 무작정 반대하는 것은 아니지만 시간이 흐를수록 난민의 숫자가 감당하기 힘들 정도로 늘고 있는 게 사실이란다.

"처음에는 이웃 국가의 어려움을 모른 척할 수 없어서 터키 정부가 인도주의적인 지원을 약속했어. 그런데 시간이 지날수록 그에 따른 어려움이 생겨나는 거지. 너도 알다시피 이 지역에서 터키가 군사력, 경제력 모두 막강하니까 점점 요구하는 것이 많아져. 주변의 어려움을 모른 척할 수 없으니 정부의 고민은 깊어지는 거지."

무스타파는 정부에 이어 시민들의 고민도 이야기했다. 난민을 도우려고 직원으로 고용했지만 문제가 한두 가지가 아니었단다.

"언어는 내가 직면한 또 다른 문제야. 오스만 제국일 때는 언어가 통했지만 지금은 상황이 달라. 이라크와 시리아는 아랍어를 쓰고 터키는 터키어를 사용한다고. 터키어를 배워야 하는데 난민들은 그럴 생각을 도통 안 해. 그러니 사람을 데려다 쓰려고 해도 무슨 생각을 하는지 알 수가 있어야지. 혹시나 자기들끼리 내 욕을 하는 건 아닐까 의심이나 하게 되고."

고개를 떨군 소년도
그 소년을 잡아야 하는 경찰도
행복한 사람은 없었다

팽이는
죄가 없어요

무스타파와 나눴던 대화를 생각하고 있던 찰나, 팽이 뭉치가 내 옆에 툭, 떨어졌다. 그리고 사복 경찰에게 잡힌 팽이 파는 소년이 눈에 들어왔다. 무스타파가 말했던 난민 소년이었다. 그 얇은 팔목을 붙잡힌 정확한 연유는 모르겠지만 대강 눈치챌 수 있었다.

경찰은 눈물을 글썽이는 소년의 밥줄을 뺏은 것도 모자라 그 일행도 잡아오라고 소년에게 시켰다. 불법 영업을 단속하는 경찰은 어디나 비슷하다. 고압적이고 자비란 없다. 소년을 혼자 놔둘 수 없었는지 친구들이 자진해서 경찰 앞으로 모여들었다. 주뼛주뼛 앞으로 온 소년들을 세워 놓고 경찰이 한참을 훈계했다. 뭐라 뭐라 설명도 하고, 뭐라 뭐라 윽박지르기도 했다.

여기까지는 어디서나 볼 법한 풍경이었지만 경찰이 자리를 뜨기 전, 소년들을 차례차례 꼭 안아 주는 이상하고도 낯선 광경을 목격했다. 품에 안긴 소년에게는 이렇게 말하지 않았을까.

'너희 사정은 이해하지만 이게 내 역할이니 어쩔 수 없구나. 사는 게 쉽지 않겠지만 힘내라.'

진심으로 안아 준 뒤 형이 동생의 머리를 쓰다듬듯 머리를 잔뜩 헝클더니 경찰은 자리를 옮겼다. 생각지도 못한 장면이었다. 거리의 훼방꾼이 아니라 언젠가 한 식구가 될 사람이라 생각한 것이 아닐까? 의외의 모습에 크게 놀란 은덕과 나는 이곳이 한국이었다면 어땠을까 생각해 봤다.

우리 경찰도 광화문으로 나올 수밖에 없었던 사람들의 이야기를 들어야 했다. 그리고 그들을 안아 주어야 했다. 감추고 내몰 것이 아니라 안아 주어야 했다. 터키 경찰이 난민 소년에게 그랬던 것처럼. 가슴에 한이 남지 않도록 이야기를 들어주어야 했는데 그것조차 허락하지 않았다. 방패 너머에 있는 사람들을 향해 아무리 이해하려 해도 한숨만 나온다. 그들이 누군가를 진심으로 안아 주는 날이 올지 상상만 해 볼 뿐이다.

첫 번째 달
이스탄불 6

케밥의 나라, 터키

글 / 

부모님을 떠나 보내고 우리는 야샴의 집으로 숙소를 옮겨 이스탄불에서 2주를 더 보냈다. 비록 작년에 함께 살았던 메수트Mesut는 없지만 사랑스러운 그녀의 개, 마야Maya와 빠샤Paşa가 기다리는 그리운 우리 집이다. 그리고 그곳에는 내가 즐겨 찾던 단골 케밥 집도 있었다.

공항에 내리자마자 케밥이 먹고 싶다고 은덕의 귀에 딱지가 앉도록 말했다. 모다 Moda 중심가에 있는 작은 케밥 집. 작년에도 올해도 나의 사랑하는 단골 케밥 집! 그러나 작년에 온 손님 얼굴은 기억 못 하는 나의 무심한 단골 케밥 집.

"너 터키 말, 아주 잘하는데."

이틀에 한 번꼴로 찾아갔던 케밥 집 할아버지가 더듬더듬 읊는 나의 터키어 실력을 칭찬해 줬다. 겨우 숫자를 말할 뿐인데 생김새가 다른 외국인이 애쓰는 모습이 기특해 보였나 보다. 터키 사람 같지 않게 무뚝뚝하던 주방 아저씨도 먼저 아는 척을 했다.

유럽을 여행하다 보면 쉽게 케밥을 만날 수 있다. 하지만 본토와 달리 양털을 자르는 면도기처럼 생긴 기계로 고기를 자른다. 편한 방법이지만 케밥의 나라인 터키에서 기계를 사용한다는 것은 자존심이 여간 상하는 일이 아니다. 한중일을 포함한 극동아시아에서 국수를 먹을 때 장수를 상징하는 면발을 가위나 칼로 잘라서 먹으면 한 소리를 듣는 것처럼 면도기로 고기를 써는 행동은 근본 없는 짓이나 다름없다. 혹시 터키를 여행하다가 기계로 케밥을 썰고 있는 주방장을 봤다면 그 사람은 케밥쉬Kebabçı, 케밥 요리사가 아니라 흉내를 내는 사람일 것이다.

케밥에 관한 몇 가지 오해

한국에서 처음 케밥이란 단어를 접했을 때, 터키식 쌀밥인 줄 알았다. 케밥도 쌀밥처럼 밥이란 글자가 들어가니까. 한동안 왜 쌀은 없고 빵에 고기를 넣는 걸까, 터키의 주식은 빵이라서 그런가 생각했다. 나중에 케밥Kebab은 터키어로 '고기 굽는 행위'라는 뜻이고 고기를 구워서 빵에 끼워서 먹는 도네르Döner도, 패스트푸드점에서 파는 치킨랩과 비슷한 두룸Dürüm도 케밥의 한 종류임을 알게 되었다. 빵 없이 접시에 구운 고기를 직접 올리고 터키식 요구르트인 아이란Ayran을 뿌리거나 버터가 올려져 있는 것은 이스켄다르 케밥İskender kebap이다. 이 또한 고기를 구운 것이니 케밥 중 하나다.

나의 단골 가게 주방장 아저씨도 자존심을 걸고 고기를 구웠고 기계가 아닌 긴 반월도를 이용해 잘 익은 부위만 썰어서 케밥을 만들었다. 웨이터 할아버지의 흰 머리카락이 가운과 어울려 품위가 느껴졌는데 고급 레스토랑에 온 것 같은 착각마저 들었다. 음식을 대하는 경건한 마음을 느낄 수 있는 곳이었다. 고기를 구울 때도 은근한 불로 익히고 향신료를 적게 넣어서 강한 맛이 들지 않았다.

칼을 써야 진짜 케밥 요리사!

케밥을 만들 때는 매번 저울을 써서 일정한 양의 고기를 손님에게 내놓았다. 터키에서는 어느 케밥 집에 가더라도 저울에 고기를 올려서 무게를 잰다. 몇 그램의 고기가 내 입속으로 들어가는지 알 수 없지만 무게를 재는 행위만으로도 믿음이 생긴다. 나는 한평생 음식점을 하시는 부모님 밑에서 자라 먹는 거에 예민하다. 음식의 맛은 물론이고 주방의 위생상태, 손님을 대하는 주인장의 태도까지도 예외일 수 없다. 음식 맛이 별로인 것은 용납할 수 있어도 음식을 대하는 태도가 엉망이라면 여지없이 화를 내고 돌아서는데 케밥 장인들의 모습을 보고 있자니 높은 점수를 줄 수밖에 없다. 케밥의 나라, 터키. 이곳은 내게 음식 하나만으로 신뢰할 수 있는 나라다.

첫 번째 달
이스탄불 7

눈물 젖은 치킨

글 / 

원고를 정리하기 위해 집과 카페만 왕복하던 어느 날이었다. 여행 중에 책을 출판하는 것이 이렇게 힘든 일인 줄 알았다면 시작하지도 않았을 것이다. 스트레스가 극에 달해 종민과 단 하루지만 휴가를 보내기로 했다. 원고도 돈도 걱정하지 않기로 약속하고 시내로 나갔다. 종일 걷고, 구경하고 맛있는 음식을 즐겼다. 이 정도면 그동안 눌러왔던 욕구를 해결한 만족스러운 휴일인데도 머릿속을 떠나지 않는 것이 하나 있었다.

"치킨이 먹고 싶어. 그냥 치킨 말고 배 나온 할배가 만들어 주는 짭조름하면서도 바삭한 그 치킨."

여행을 떠나기 1년 전부터 우리는 열심히 돈을 모았다. 외식은 거들떠보지도 않았고 사고 싶은 것이 생겨도 여행을 생각하며 모든 욕망을 참아냈다. 그러던 어느 날, 종민과 퇴근하고 집에 가는 길에서 확인한 SNS에서 '할배 치킨 버켓 할인 중'이라는 단어를 발견했다. 잘 참았던 욕구가 한 번에 터져서 차를 돌려 매장을 찾아 헤맸다. 평소에는 잘도 보이던 가게는 그날따라 보이지 않았고, 결국 서초동 일대를 다 돌고서야 치킨 버켓 하나를 손에 들 수 있었다. 그리고 치킨의 유혹을 참지 못하고 신호 대기하는 중간중간 한 통을 다 먹어 치웠다.

너만 보면 가끔
눈물이 나

"내 기억 속에서 최고의 음식은 퇴근길에 즉흥적으로 사 먹었던 그 치킨이야. 둘 다 뭐에 홀린 듯 아무 말 없이 손가락을 빨면서 열심히 먹었지."

아끼고 아껴 충동적으로 사 먹었던 통닭의 맛이란! 우리는 왜 그렇게도 먹고 싶은 걸 참아가며 모질게 여행을 준비했을까? 시내 구경 후 집으로 돌아오는 길, 할배 치킨에 들러 그때 먹었던 치킨을 샀다. 이제 커피값도 아껴야 할 처지가 되었지만 종민과 나는 닭을 입에 넣으며 지난 추억을 나눴다.

노트가 나를 구원하노니

치킨을 향한 욕망이 다가 아니었다. 베를린에서부터 사고 싶었던 연필과 노트가 이스탄불에서도 보였다. 분에 넘치는 물욕인가? 이걸 사면 과연 내가 끝까지 쓸 것인가? 짐이 되지는 않을까? 수십 번 고민했다. 이곳을 떠나는 날까지도 노트와 연필은 사지 못했다. 공책에 그림도 그리고 싶고 글도 쓰고 싶었지만 막상 내 손에 들어왔을 때 제대로 활용할 자신이 없었기 때문이다.

필요하지 않지만 사고, 할인하니까 사고, 덤으로 준다니 사고, 필요할 것 같아서 사고, 한 번 써 볼까 하는 마음으로 사고, 같은 디자인이지만 다른 색이니까 사고. 살면서 정작 쓸모 있고 필요해서 사는 물건은 얼마나 될까? 그동안 무절제한 소비를 하며 살았다는 걸 여행을 떠나서야 깨달았다.

"때로는 필요한 물건이고 아니고를 떠나서 마음의 평안을 준다면 살 가치가 있어. 그 정도 고민했으면 이제 사도 돼. 그런 의미에서 나도 한 달째 로쿰Lokum, 터키

디저트, 쫄깃쫄깃한 식감을 가졌으며 견과류, 말린 과일, 초콜릿 등이 층층이 쌓인 큐브 모양의 젤리이 먹고 싶었는데 그거 사 먹으러 가면 안 될까?"

하루에도 열두 번씩 사고 싶은 것과 살 수 없는 것, 필요한 것과 필요 없는 것 사이에서 갈등한다. 절제력이 생긴 것은 사실이지만 물욕에서 완전히 벗어나지 못했다. 지금 당장 돈이 없는 배낭 여행자 신세라고 해서 사고 싶고 먹고 싶은 걸 하지 말아야 할 이유는 없다. 큰돈 들여서 세상 유람을 나왔는데 돈이 없다고 맛집도 안 가고 명소도 지나치고 공연과 전시도 안 보는 것만큼 미련한 일이 있을까? 하지만 자꾸만 줄어드는 통장 잔액을 보면 약해지는 마음까지는 어쩔 수 없나 보다.

어디까지나 주관적이고 편파적인 이스탄불 한 달 정산기 1

＊ 도시 ＊

이스탄불, 터키 / Istanbul, Turkey

＊ 위치 ＊

카디코이 Kadikoy

(카디코이 항구에서 도보 10분)

＊ 주거 형태 ＊

빌라 / 집 전체

＊ 기간 ＊

2014년 8월 18일 ~ 8월 25일 /

8월29일 ~ 8월 31일

(8박 9일)

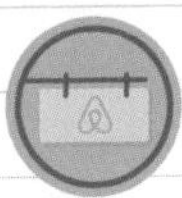

＊ 숙박비 ＊

총 500,000원 (부모님 포함 4인 체류)

＊ 도시 ＊

닷차, 터키 / Datça, Turkey

＊ 위치 ＊

팔라뮤뷔키 Palamutbuku

(닷차 시내에서 차로 1시간)

＊ 주거 형태 ＊

단독주택 / 룸 쉐어

＊ 기간 ＊

2014년 8월 25일 ~ 8월 29일

(4박 5일)

＊ 숙박비 ＊

총 200,000원 (부모님 포함 4인 체류)

어디까지나 주관적이고 편파적인 이스탄불 한 달 정산기 2

＊ 도시 ＊

이스탄불, 터키 /

Istanbul, Turkey

＊ 위치 ＊

모다 Moda

(카디쿄이 항구에서 도보 20분)

＊ 주거 형태 ＊

빌라 / 룸 쉐어

＊ 기간 ＊

2014년 8월 31일 ~ 9월 17일

(17박 18일)

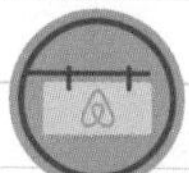

＊ 숙박비 ＊

총 260,000원 (2인 체류)

＊ 생활비 ＊

총 680,000원

(체류 당시 환율, 1리라 = 500원)

＊ 2인 기준, 항공료 별도

＊ 종민 이스탄불에 가면 우리는 꼭 아시아 사이드에 숙소를 구하지. 이곳에 보물이라도 숨겨 놓은 거야?

＊ 은덕 아시아 사이드 카디쿄이 항구는 배를 타고 유럽 사이드로 이동하기 편리하고 버스 터미널도 옆에 있어 터키 국내선을 이용할 수 있는 사비아 곽첸 공항으로 바로 이동할 수도 있잖아. 우리가 사랑하는 모다도 이곳에 있고. 다만 한국행 비행기가 도착하는 아타튀르크 공항까지 운행하던 셔틀버스가 사라진 건 아쉬워. 탁심으로 이동한 다음에 셔틀버스를 타야 하는 번거로움이 생긴 거니까.

만난 사람: 36명 + α

먼 곳까지 날아 오신 부모님, 터키 부르사에서 일하고 있는 동생 종선이, 한국 면허증을 가져오라던 렌터카 직원, 다시 만난 피겐과 콜한 그리고 생일에 만난 그녀의 친구 20명, 팽이 파는 소년과 그의 친구 3명, 소년의 머리를 쓰다듬어 주었던 경찰관 2명, 바다에서 만난 무스타파, 단골 가게 케밥 아저씨 그리고 우리의 친구, 야샤.

만난 동물: 2마리

마야와 빠샤.

방문한 곳: 4곳 + α

선물 사러 갔던 탁심, 지중해의 작은 마을 닷차, 모다의 케밥 집, 눈물 젖은 통닭을 먹으러 갔던 할배치킨.

2

두 번째 달 / 테헤란

오해와 편견 사이에서

만약 당신이 이 도시를 여행하면서 단 한 번도 환영을 받지 못했다면 그건 아마도 천지가 개벽하는 사건이 이 나라를 덮쳤을 때 뿐이다. 길을 걷다가 눈만 마주쳐도 인사하고 지도만 펼쳐도 가던 길을 멈추고 안내를 자청하는 천사들의 도시. 테헤란은 그런 곳이다. 반갑게 인사를 나눔과 동시에 친구가 되었다. 그러고 보니 누군가와 친구가 되기 위해 이보다 더 좋은 방법이 또 있을까?

카스피 해
Caspian Sea

카즈빈
Qazvin

테헤란
Teheran

토찰 산
Mount Tochal

셈난
Semnan

하마단
Hamadan

이스파한
Esfahan

이맘 광장
Imam Square

쉬라즈
Shiraz

마슈하드
Mashhad

이란
Iran

케르만
Kerman

두 번째 달
테헤란 1

환대는 이들처럼

글 / 

"우리가 정말 기름의 나라에 왔나 봐."

공항 전체를 감싸는 '기름' 냄새가 코끝을 스쳤다. 활주로에서 처음 맡는 냄새니 비행기 연료 냄새라고 생각할 수도 있지만 그동안 수차례 공항을 드나들면서도 이런 냄새를 맡은 적이 없었다. 이것은 테헤란의 냄새라 불러도 좋을 것이다. 택시에서도 이른 새벽 거리에서도 심지어 호텔에서도 기름 냄새가 났다.

테헤란의 도로는 차들로 넘쳐났고 대중교통비는 무상이라고 해도 좋을 만큼 저렴했다. 조금만 춥다 싶으면 난방이 켜졌는데 '이것이 산유국의 위엄인가?' 싶을 정도로 다른 나라에서는 겪지 못한 호방함이었다. 그리고 이곳 사람들의 마음 씀씀이도 다른 도시와는 달랐다.

"혹시 도움이 필요한가요?"

우표를 수집하는 지인의 부탁으로 새로운 도시를 방문할 때마다 우체국에 들르는데 그곳에서 레일라Leila를 만났다. 처음에는 외국인을 향한 호의라고 생각하고 가볍게 인사를 했는데 테헤란에서 도움이 필요한 일이 생기면 연락하라고 전화번호까지 받았다. 그리고 다음 날 그녀는 우리에게 전화를 걸어 가족 파티에 함께 가지 않겠느냐며 조심스럽게 물었다. 테헤란의 가족 파티는 어떤 모습일지 궁금했다. 낯선 문화에 관한 호기심으로 레일라가 내민 손을 잡았는데 이후 우리의 테헤란 여행에서 그녀는 빼놓을 수 없는 사람이 되었다.

저기,
우리 초면인데요

레일라와 두 번째로 만났을 때는 그녀의 부모님도 함께였다. 인사를 나누며 부모님에게 우리를 어떻게 소개했는지 궁금했다. 우체국에서 우연히 만난 외국인이라니, 아무리 생각해도 이상하지 않은가! 하지만 그들에게는 이런 만남이 흔한 일인 듯 아무것도 묻지도 따지지도 않고 반겨줄 뿐이었다. 그리고 차를 타고 파티 장소로 향하는 중 레일라가 엄청난 이야기를 들려주었다.

"오늘 파티는 군대 가는 사촌을 위한 자리야. 그 녀석을 놀라게 하려고 너희와 함께 간다는 말을 하지 않았어. 완전 신 나지? 다들 깜짝 놀랄 거야."

가벼운 가족 파티라고 해서 초대에 응했다. 저녁 식사나 함께하며 이란에 관한 이런저런 궁금증을 해결할 생각이었는데 판이 커져도 너무 커졌다. 모든 친척이 모이는 자리, 더군다나 군대 가는 사촌을 위한 환송 파티에 떨어질 생각을 하니 머리가 어질어질했다. 궁금한 점을 적은 종이는 주머니 깊숙이 구겨 넣었다.

문을 열고 들어섰을 때 레일라의 가족 중 그 누구도 우리가 누구고 왜 이곳에 왔는지 묻지 않았다. 그저 극동아시아에서 온 외국인 부부에게 이란에 온 것을 환영한다는 인사를 할 뿐이었고 인사를 나눔과 동시에 친구가 되었다. 대략 30명 정도 되는 식구들과 인사를 나눴고 30번 정도 환영한다는 말을 들었을 무렵 음악이 시작되고 춤을 추기 시작했다. 이란은 율법으로 음주를 금하고 있어 파티가 어떻게 흘러가는지 궁금했는데 눈앞에 그 답이 있었다. 한동안 자기들끼리 손가락을 튕기는 이상한 춤을 즐겁게 추더니 선곡 리스트에서 무언가를 찾기 시작했다. 익숙한 전주였다.

"은덕아, 설마 그 노래는 아니겠지? 철 지난 노래잖아. 그렇지?"

작년 이스탄불 방송국 카메라 앞에서 태어나 처음 말 춤을 췄고 태어나 두 번째로 춘 말 춤은 이란에서 처음 만난 가족 앞이었다. 혹시 이 책을 읽는 사람 중에서 세계여행을 떠날 준비를 하고 있다면 '강남 스타일' 안무를 꼭 연습하고 떠나라고 말하고 싶다. 한바탕 춤을 추고 레일라에게 물었다.

"이란 사람들은 어떻게 맨정신으로 춤을 추고 놀아? 한국은 클럽에 가지 않는 이상 춤을 출 기회가 없다고!"

함께 음식을 먹고 춤을 추고 또 춤을 추었다. 가족 모임을 위한 어떤 식순이 있는 것이 아니라 밥을 먹다가도 누군가 춤을 추면 함께 춤을 추고 지치면 먹다가 다시 춤을 췄다. 몰래 밀주를 마시기도 하지만 대부분 술이 없어도 이리 잘 논다고 했다.

그렇게 폭풍 같은 춤사위가 끝나고 밤 10시가 넘어서야 기다리던 페르시아 전통음식이 등장했다. 특히 아쉬Āsh라는 수프에 눈길이 갔는데 야채와 향신료를 넣고 끓여서 걸쭉한 맛이 나는 게 어죽과 비슷했다. 아쉬는 가족 중 누군가가 군대에 가게 되면 건강을 기원하면서 먹거나 라마단Ramadan, 이슬람력의 9월, 신성한 달로 여겨 이 기간은 일출과 일몰 사이에 모두가 금식한다. 기간에만 먹을 수 있는 특별한 음식이란다.

세계여행의 필수품, 강남스타일!

군인은
왕이다

이란은 한국과 마찬가지로 성인 남성이라면 의무적으로 2년간 군 복무를 해야 한다. 이란은 군인의 자부심이 대단하고 사회적인 대우도 좋은 편이란다. 오늘의 주인공, 무스타파도 파티 내내 '군인은 왕이다.'를 외치며 자신의 입대를 자랑스러워 했다. 심지어 지병으로 병역을 면제받은 사촌 형을 '바보'라고 놀리며 자신은 군인이 되어 나라를 지킬 수 있다고 끊임없이 외쳤다.

춤도 추고 식사도 끝나니 하나둘 의식을 준비하기 시작했다. 이란은 가족 중 누군가가 군 복무를 떠나면 오늘처럼 환송 파티를 열고 머리카락도 잘라 주면서 축복한다고 한다. 드디어 파티의 하이라이트가 다가왔다. 무스타파는 조금 전까지 활달하던 모습이 사라지고 머리카락을 자르는 내내 말이 없었다. 이제야 군 복무가 현실로 다가왔음을 느낀 것인지 군 복무의 신성함을 생각하는지 알 길은 없었지만.

직접 경험한 이들의 환대 문화는 상상을 초월했다. 그동안 환대의 아이콘이라 생각했던 남미조차 이란에 비할 바는 아니었다. 길을 걷다 보면 어디서 왔는지, 이름이 무엇인지를 묻는 시시콜콜한 질문은 손으로 꼽을 수 없을 만큼 받았고 지도라도 보고 있으면 직접 안내해 주겠다는 사람은 물론 함께 택시를 타는 일도 다반사였다. 심지어 택시비도 내주었다. 이들의 환대의 끝은 어디일까? 이제껏 만난 적이 없었고 앞으로도 만날 수 없을 것 같은 사람들의 도시, 테헤란에서의 한 달이 어느 때보다 기대된다.

형이 겪어 보니
머리도 금방 자라고
시간도 금방 가더라

두 번째 달
테헤란 2

이 나라를 어쩌면 좋니

글 / 

테헤란의 교통은 방콕Bangkok과 베이징Beijing 그리고 아순시온Asunción을 가뿐히 뛰어넘을 만큼 무질서했다. 신호등이 있는 횡단보도를 찾는 것은 진작에 포기했다. 길을 건널 때면 무서워서 옆을 보지도 못했고 종민의 팔뚝에 매달려 '엄마야'만 외치고 있었다. 사람들은 아무 데서나 길을 건넜고 자동차는 불법 유턴과 역주행은 물론 대로에서도 후진했다. 테헤란에만 2000만 명의 인구가 모여 산다고 하니 도시의 번잡함이 얼마나 심할지 상상이 될 것이다.

지하철과 버스에서도 질서는 없었다. 사람이 내릴 때까지 기다리는 것은 뭣 모르는 여행객뿐이었다. 내리는 사람과 타려는 사람이 동시에 움직이고 출입구와 가까운 양 끝은 붐비지만 중앙은 텅텅 비어 있었다. 출퇴근 시간의 혼잡함은 서울의 2호선과 흡사했는데 어느 날 우리도 그 혼잡함에 동참하는 일이 생겼다.

여자가 뭐길래

이란은 이슬람 율법이 헌법보다 위에 있는 나라다. 율법에 따라 공공장소에서도 남녀가 함께 있을 수 없고 버스와 지하철에는 여성 구역과 남성 구역이 따로 있었다. 남편과 동행하면 여성도 남성 칸에 탈 수 있지만 남성은 부인과 동행하더라도 여성 칸에 타지 못한다. 지하철도 마찬가지였다. 지하철 맨 뒤쪽의 한 량 반은 여성만 탈 수 있고 나머지는 남성만 탄다. 그러나 출퇴근 시간이 되면 이런 규칙은 순식간에 무너져 아수라장이 되고 만다.

사람이 유독 많았던 날이었다. 여성 칸으로 남성들이 몰려왔다. 무슨 일이 벌어질까 초조하게 지켜보고 있었는데 아무 말도 못 할 것 같았던 여성들이 남성들을 향해 강하게 항의하기 시작했다. 멋쩍은 표정으로 서 있던 남성들이 다음 역에서는 다른 남성들이 타지 못하도록 입구를 막았다. 자신들은 여성 구역에 승차했으면서 다른 이를 막는 모양새가 영 찜찜했지만 이런 행동이나마 끌어낸 것은 강력하게 의사 표현을 한 여성들이 있었기 때문이었다.

이날 이후에도 나는 이란 여성들이 버스나 지하철에서 자신들의 권리를 침해하는 남성을 향해 거침없이 항의하는 모습을 자주 목격했다. 눈도 깜짝하지 않는 그들을 향해 끊임없이 권리를 외쳐야만 하는 그녀들의 피로가 내게도 전해졌다. 이 권리마저 뺏기면 안 된다는 위기의식이 이란 여성에게서 느껴졌다.

한 번은 인도 대사관에 다녀오는 길이었다. 테헤란에서 우리가 해야 할 중요한 일 중의 하나가 인도 비자를 받는 것이었는데 인도 대사관에 5번, 인도 비자센터에 1번, 한국 대사관에 1번을 방문한 후 우리는 마음을 바꿨다. 돈 좀 아껴 볼 심산에 카트만두Kathmandu에서 바라나시Varanasi까지 육로로 이동할 계획이었지만 깨끗하게 포기하고 델리Delhi까지 비행기를 타고 가서 공항에서 도착 비자를 받는 것으로 말이다.

인도 대사관은 인도와 이란의 시스템이 만나 최악의 상황을 연출하고 있었다. 그

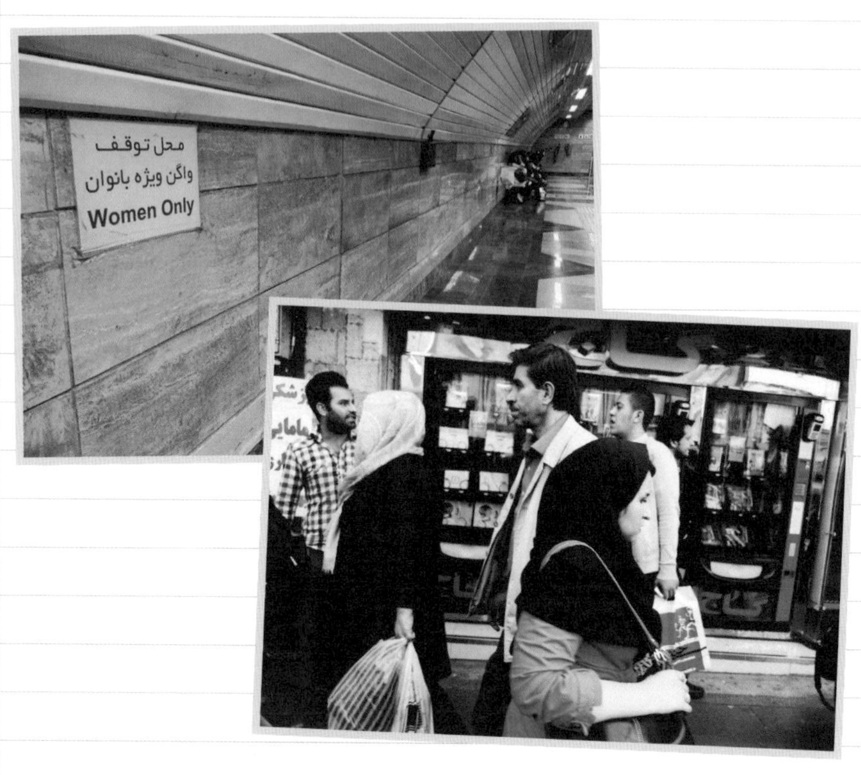

제도는 경직되어 있지만
이란 여성들은 서서히
변하고 있었다

들이 일하는 속도는 대략 30분 동안 민원 하나를 해결하는 수준이었다. 접수 시간이 오전 9시부터 12시까지인 걸 고려하면 하루에 처리할 수 있는 비자는 6개인 셈이다. 매일 50여 명이 찾아오는데 고작 6개라니! 인도 대사관을 5번이나 방문했지만 비자를 받기 위해 기다리는 사람은 매번 똑같아서 서로의 얼굴을 알아보는 지경까지 이르렀다.

이 땅에서 여성의 삶이란

일주일이 흘렀을까? 이른 아침부터 준비해서 대사관에 도착했는데 어쩐 일인지 번호표 뽑는 기계를 새로 들여놨다. 벌써 20명이 대기하고 있었지만 오늘은 일처리가 빨라지지 않을까 싶어서 기다리기로 했다. 하지만 어디선가 번호표를 뽑지도 않은 남성들이 비열한 웃음을 흘리며 창구 앞에 모여들기 시작했다. 여성들이 그들을 향해 번호표를 뽑으라고 외쳤지만 듣는 체도 안 하고 창구 앞에서 떠들고 있었다. 여기서 더 이해할 수 없었던 것은 줄을 서서 기다리던 남성들도 이 상황에 대해 항의하지 않는다는 것이다. 심지어 새치기하려는 사람에게 자기 앞자리까지 양보했다.

"이게 도대체 무슨 상황이지?"

이란은 철저히 남성을 위한 사회였다. 그들은 지금의 권력을 지키기 위해 부조리한 상황을 받아들이고 동조하는 듯했다. 반면 율법에 '남자의 재산'이라고 표현된 여성은 약자였고 그나마 법으로 정해진 권리라도 사수하기 위해 부단히 애쓰고 있었다.

30여 년 전, 이슬람 혁명 이후로 많은 것이 달라졌다. 유럽만큼 자유롭고 개방적이었던 이란 여성의 삶이 급격히 달라졌다. 히잡을 써야 했고 엉덩이를 가리는 옷만 허락되었으며 사회 활동보다는 집안에 머물러야 했다. 종민이 이란의 환대 문화에 젖어 있을 동안 나는 이란에서 여성으로 산다는 것의 고단함이 먼저 보였다.

"종민, 난 억만금을 준다고 해도 이란 여성으로는 못 살 거 같아. 레일라를 봐. 유학도 다녀온 신여성이지만 거리에 나서면 다른 이란 여성들처럼 억압당하고 있어. 히잡을 벗을 수 있는 집에서만, 그리고 국경을 벗어나 이슬람 율법이 미치지 않는 곳에서만 자유를 누릴 수 있다고. 나는 이 세상을 견딜 수 없구나. 그렇게 이란이 좋으면 너 혼자 살렴."

두 번째 달
테헤란 3

현지인을 만나는 방법

글 / 

테헤란에는 에어비앤비 호스트가 하나도 없다. 이란은 1980년대 핵무기 개발로 군사 강국이 되었지만 달러로 대표되는 서구의 자본주의 시장과 절교당했고 에어비앤비뿐만 아니라 맥도날드, 스타벅스 등 미국의 프랜차이즈 기업도 찾을 수 없다.[1)] 내가 접한 그들의 문화라 해 봐야 영화 〈씨민과 나데르의 별거A Separation, 2011〉에서 그려진 현실과 전통 사이에서 길 잃은 이란 사람들의 이야기가 전부였다. 히잡 속에 가려진 속내를 보고 싶은데 에어비앤비 호스트와 함께 지낼 수 없으니 어떻게 현지인과 교류를 시작해야 할지 막막했다.

테헤란에 도착하기 전, 동아줄이라도 붙잡는 심정으로 카우치서핑 사이트에 가입하고 후기가 좋은 이란 친구들을 찾아 메시지를 보냈다.

"안녕하세요. 세계여행 중인 김은덕, 백종민이라고 합니다. 당신의 나라를 알고 싶어서 테헤란에 한 달간 머무르려 하는데 도움을 받을 수 있을까요? 간단히 차를 마시며 이란에 관한 이야기를 나누고 싶습니다. 그럼 연락을 기다리겠습니다."

---

1) 2016년이 된 지금은 상황이 조금 달라졌다. 서방세계와 이해관계가 변했고 미국의 주도로 이란의 폐쇄적이었던 경제 체제가 서서히 열리고 있다.

큰 기대 없이 메시지를 보냈는데 메시지를 받은 사람 중 절반이 회신을 보내왔다. 카우치서핑 사용자의 성향이었을까? 이란의 환대 문화 때문이었을까? 그중 우리를 저녁 식사에 초대한 씨민Simin을 만났고 테헤란을 떠나기 전까지 그녀와 여러 차례 만나며 많은 이야기를 전해 들었다.

테헤란의 별종과 만나다

우리와 비슷한 또래인 씨민은 이란에서 가장 좋은 대학교를 졸업하고 국영 철도 회사에서 통번역을 담당하는 공무원이었다. 이란의 젊은이들은 20대 중후반에 결혼해 아이를 낳고 사는 것이 일반적인데 씨민은 서른을 훌쩍 넘겼지만 혼자 살고 있었다. 그리고 자신과 비슷한 생각과 삶의 방식을 지지하는 테헤란 지역의 카우치서핑 호스트들과의 모임을 정기적으로 주도하고 있다. 한 마디로 씨민은 이 사회에서 별종이다.

이란 가정은 어떤 모습일까 궁금했다. 전쟁에 대비해 벽에 총이 걸려 있거나 북한처럼 지도자의 초상화가 걸려 있을지도 모른다는 상상을 했지만 다른 나라의 여느 가정집과 다를 바가 없었다. 다만 다과 접시에 포도와 귤 그리고 오이가 있다는 것이 특별하다면 특별하달까.

"이 오이는 어떻게 먹는 거야? 이렇게 다과 접시에 올라온 생오이는 처음이라……."
"그냥 깎아 먹으면 돼. 식사 전에 먹는데 너희는 안 먹어?"
"한국에서는 오이가 과일이 아니라 야채야. 과일도 디저트로 먹지 애피타이저로

음, 오이도 이렇게 보니
고급져 보이는구나

는 잘 안 먹거든. 그리고 식사는 바닥에서 하는 게 전통이야?"
"유목 생활에 비롯된 문화야. 요즘은 식탁을 쓰지만 여전히 손님을 대접할 때는 바닥에 음식을 차리곤 하지."
"테헤란을 돌아다니면서 가장 눈에 띄었던 것이 코 수술하고 반창고 붙이고 다니는 여자들이었어. 요즘 유행이야?"
"이란 사람들은 코가 높고 큰 편인데 정작 콧대가 낮고 코 망울이 작아야 아름답다고 생각해. 수술 비용이 2,000달러쯤 하지만 너도나도 수술하는 거야."

평균 급여가 한국 돈으로 40~50만 원이라 들었는데 성형수술이 몇 달 치의 월급을 쏟아부을 만한 일인가 싶다가도 히잡으로 꽁꽁 가린 상태에서 아름다움을 뽐낼 수 있는 곳이 얼굴뿐이니 그럴 만도 하겠군 싶어진다.

오해와 편견 사이에서

"히잡을 잘 두르고 다니는 여성도 보이지만 절반 정도는 머리에 살짝 걸치고만 있더라. 종교 경찰이 단속한다던데 그래도 되는 거야?"
"너무 내려서 쓰면 단속을 당하지. 코란에 성인이 된 여성은 맨살을 외간 남자에게 드러내면 안 된다고 쓰여 있거든. 유목 생활을 하는 세상도 아니고 21세기에 이게 무슨 짓인가 싶지만 지켜야 할 율법이야."
"얼굴하고 손은 보여도 괜찮은 거야?"
"그러게. 그 부위는 어째서 예외인지 나도 잘 모르겠어. 종교적인 이유라서 그러려니 하고 넘어갔거든. 이란 사람들의 삶에서 종교는 중요하고 종교의 권력은 국가 차원에서 질문이 생겨도 깊이 파고들지 못해. 늘 그런 것은 아니지만 지

바닥에서 융숭하게 대접받는 중입니다

나치게 따지면 태형을 받을 수도 있으니까. 또 여전히 명예살인이라는 것도 존재하고."

"아랍하고 페르시아가 서로 다른 문화라는 것을 이번 여행을 준비하면서 처음 알았어. 그렇다면 이란 외에 또 어떤 나라가 페르시아 문화권이야?"

"지도에서 볼 때, 이란 우측에 있는 아프가니스탄, 투르크메니스탄, 파키스탄, 인도 서부 지역 그리고 중국 서부의 일부까지 페르시아 문화권이야. 이라크를 넘어서 사우디아라비아가 중심인 아랍 문화권이고."

여행하면서 외국 친구들에게 자주 듣는 질문 중 하나가 중국과 일본, 한국 사람들은 서로 언어가 통하느냐는 것이었다. 얼마 전 본 영화 속에서 미국 서부에 사는 경찰관이 길 잃은 일본인을 중국 식당으로 데려가 주인에게 통역해 달라고 하는 장면도 있었다. 대체로 서양인이 동양을 바라보는 시각은 그런 것이다. 다른 문화권에 대한 이해가 부족해서 생긴 일이라고 생각했지만 속으로 한숨부터 쉬었는데, 나 역시 그런 수준의 질문을 씨민에게 하고 말았다.

"내가 보기에는 아랍어나 페르시아어나 꼬불꼬불하고 쓰는 방향도 오른쪽에서 왼쪽이니까 같은 글자로 보여. 서로의 언어를 이해할 수 있는 거야?"

"아랍과 페르시아는 다른 문화고 서로의 언어도 달라. 그래서 배우지 않으면 읽거나 말할 수도 없지. 코란이 아랍어로 쓰여 있기 때문에 이란 사람은 어려서부터 아랍어를 배우기는 해. 하지만 사용 빈도가 떨어지니까 금방 잊어버려서 나도 아랍어는 잘 몰라."

대화를 나눌수록 씨민의 유창한 영어 실력은 어디서 온 것인지 궁금했다. 미국이랑 사이가 안 좋은데 어떻게 영어를 배웠을까?

"이란의 영어 교육열은 매우 열정적이라 공교육만 받아도 충분히 대화할 수 있어. 미국이랑 사이가 안 좋은데 영어를 왜 배우느냐고? 그것도 참 이상한 질문이네. 영어를 미국에서만 쓰는 것은 아니잖아? 이란과 영국은 사이가 좋은 편이고."

그동안 내가 알고 있던 이란은 악의 축 또는 핵무기로 세상을 위협하는 나라였는데 다분히 미국적인 시각이었다. 그러나 직접 만난 이란은 미국과 종교가 다를 뿐 그저 평범한 나라였다. 다만 국가 정책보다 종교 이념이 앞서서 불편한 상황은 존재했지만 그들은 나름대로 잘 지내고 있었다.

이란은 외부 세계와 단절되어 북한과 비슷할 거라 막연히 짐작했다. 하지만 그들도 미드를 보고 여행을 떠날 수 있다. 국가의 검열 때문에 SNS가 일부 차단되었지만 이것도 얼마든지 우회해서 쓸 수 있다고 한다. 심지어 이란 사람들은 SNS를 가장 잘 활용하는 것이 정부라며 비꼬기도 했다.

"그런데 카우치서핑은 왜 하는 거야?"
"응. 나도 언젠가 너희처럼 세계여행을 가려고 준비하는 거야."

내가 쏟아내는 수많은 질문에 답하던 씨민이 자신의 꿈을 이야기했다. 당장 떠나고 싶지만 현실적인 문제로 세계여행은 잠시 보류했고 답답한 현실을 벗어날 유일한 방법으로 선택한 것이 카우치서핑 호스트였다. 테헤란으로 찾아오는 여행객이 소수이기는 하지만 그들의 이야기를 듣고 자신의 여행 계획을 세우는 중이었다. 어쩌면 씨민은 자기만의 방식으로 세계여행을 하고 있는지도 모르겠다. 전 세계 친구를 만나러 떠날 수는 없지만 자신의 방에서 이렇게 머나먼 나라에서 온 친구와 이야기를 나누며 세상을 만나고 있지 않은가!

두 번째 달
테헤란 4

테헤란의 택시 호갱님

글 / 

만약 당신이 이 도시를 여행하면서 단 한 번도 호의를 받지 못했다면 그건 아마도 이 나라에 크나큰 우환이 들어서 나라 전체가 통탄에 빠져있기 때문일 것이다. 길을 걷다가 눈만 마주쳐도 환영한다고 인사하고 지도를 보고 있으면 가던 길을 멈추고 안내를 자청하는 천사들의 도시, 테헤란은 그런 곳이다.

"이게 내 전화번호야, 무슨 일이 생기면 무조건 나한테 전화하라고."

은덕과 나는 이틀에 한 번꼴로 전화번호를 받았다. 이는 외국인을 향한 호기심을 넘어 '나는 언제든 당신을 도울 준비가 되어 있다.'는 직접적인 표현이었다. 생김새가 조금 다르다는 이유만으로 여행의 질이 높아질 수 있었던 것은 그들의 율법이 이방인의 어려움을 외면하지 말라고 적어 놓은 덕분이었다.

이렇게 친절한 사람들이 사는 나라지만 단 하나, 택시 기사만큼은 예외였다. 조금 더 정확히 말하면 외국인을 많이 만나 본 택시 기사는 먹이를 노리는 하이에나 같았다. 그들의 횡포는 테헤란 입구에서부터 시작되었다.

기사님 조금만 살살 다뤄 주세요

이란 택시의 법칙,
하나

이맘 호메이니 공항Tehran Imam Khomeini International Airport에서 시내까지는 대중교통이 없어서 택시를 이용해야 한다. 2시간짜리 출입국 심사를 통과하고 나니 새벽 5시였다. 26시간 동안 버스와 비행기를 오갔기 때문에 당장에라도 택시를 타고 가서 호텔 침대에 눕고 싶었다.

"아니, 옆 사람한테는 5만 토만 받으면서 나한테는 왜 15만 토만한화 약 5만 원, 1달러 = 3만 2,000리알 = 3,200토만을 요구하죠?" 2)

처음 만난 택시 기사가 목적지까지 제시한 요금은 현지인보다 3배나 비쌌다. 옆 사람보다 턱없이 비싼 값을 낼 수 없어 우물쭈물하고 있는 사이, 도움이 손길이 찾아왔다.

"외국인 가격보다 현지인 가격이 싼 것 같은데 내가 대신 택시를 잡아 줄까요?"

테헤란에 도착하자마자 바가지요금에 마음이 상할 뻔했지만 친절한 현지인 덕분에 택시 기사의 횡포를 피해 합리적인 요금으로 목적지까지 갈 수 있었다. 한국에서도 외국인을 대상으로 바가지를 씌우는 택시 기사가 있다는 뉴스를 봤는데 제발 그러지들 마시라. 한 번 당하면 다시는 그 나라에 가고 싶지 않으니까.

---

2) 이란 화폐 단위로 리알Rial과 토만Toman을 함께 사용한다. 예를 들어, 10,000리알은 1,000토만인 식이다. 리알에서 0을 하나 제거하면 토만이 되는데, 이는 화폐 단위의 인플레이션으로 인한 사용자의 혼란을 막기 위해서 조정한 것이다. 대부분 토만 단위로 가격을 이야기하지만 외국인을 상대로 할 경우 이를 이용해 사기를 치는 경우도 있으니 상대방이 말하는 것이 토만 단위인지 리알 단위인지 꼭 확인하자.

며칠 뒤, 한국 대사관을 찾아갈 일이 생겼다. 역시나 친절한 사람들이 대사관 주소를 적어 주었지만 내게 페르시아어는 지렁이 몇 마리를 잡아 놓은 모양과 다를 바가 없었다.

"잠깐 여유가 있으니 함께 갑시다."

자기 일을 미루고 우리를 안내해 주겠다는 사람이 나타났다. 괜찮다고 어떻게든 혼자서 해 보겠다고 몇 번이나 고사했지만 끝내 우리를 데리고 택시를 탔다. 공항에서 겪었던 사건으로 현지인이 내는 택시 요금의 실체가 궁금했던 찰나였다. 그 이후 택시를 몇 번 더 탔지만 현지인의 흥정법을 알 길이 없어 궁금했는데 이게 웬일인가! 우리가 올라타자마자 택시 기사는 자연스럽게 미터기를 켜는 것이 아닌가! 미터기는 태초부터 그 자리에 있었다. 그런데 나와 은덕을 태웠던 택시 기사들은 왜 흥정부터 시작해서 우리의 마음을 심란케 했을까? 10분 정도 달린 택시 요금은 고작 5,000토만한화 1,700원이었다. 대사관에서 일을 마치고 탔던 택시는 똑같은 거리였음에도 1만 5,000토만을 불렀으니 외국인에게는 3배를 뻥튀기하는 한다는 것을 확인한 셈이다.

이란 택시의 법칙,
둘

테헤란에는 합승택시도 있다. 합승택시는 마을버스처럼 일정 구간을 왕복하면서 손님을 받는다. 구간별로 요금이 정해져 있지만 외국인이 물어보면 제대로 가르쳐 주지 않고 눈치를 챈다고 해도 택시 기사의 횡포를 피해가기 쉽지 않다. 테헤란 시내를 내려다볼 수 있는 토찰 산Mount Tochal에 가기 위해 우리는 합승택시를

차라리 걷고 말지
그래도 산은 아름다웠다

타야만 했다. 시내에 있는 산이지만 최고 높이가 해발 4,000미터에 육박하는 거대한 산이어서 그 비탈면을 따라 걷기는 쉽지 않았고 버스가 다니기에는 길이 좁아 합승택시가 성업 중이었다.

"방금 옆 사람한테는 2,600토만 얘기하고 나한테는 1만 토만이라뇨?"

몇 차례 실랑이를 벌인 뒤, 지나가던 현지인의 도움을 받아서 가격을 협상한 뒤 택시를 탈 수 있었지만 내리는 곳에서는 택시 기사와 우리밖에 없었다. 택시 기사는 자신이 생각한 돈을 못 받았으니 약간의 웃돈을 요구했는데 그 변명이 기가 찼다.

"주차장을 가로 질렀다고 돈을 더 달라고요? 100미터도 안 달렸는데 왜 처음 가격에 2배가 되는 거죠?"

그동안 이란 사람들에게 받았던 친절이 택시 안에서는 왜 통하지 않는 걸까? 적을 때는 2배, 많을 때는 10배까지 요금을 부풀리는 통에 진저리가 나는 참이었다. 엎친 데 덮친 격으로 택시기사의 횡포를 뚫고 찾아간 토찰 산의 케이블카는 하필 우리가 찾아간 날에 운행하지 않았다. 복잡한 심경으로 산 중턱에서 테헤란 시내를 내려다보다가 얼른 자리를 떴다. 다행히 내려가는 합승택시를 탈 때는 현지인 틈에 요령껏 끼어서 바가지요금은 면할 수 있었다. 그나저나 율법에도 외지인에게 친절을 베풀라고 적혀 있다는데 택시 기사는 율법 밖에서 사는 걸까! 아, 이란의 택시 기사들이여!

두 번째 달
테헤란 5

호텔,
마이 스위트 호텔

글 / 

즐거운 테헤란 생활이었지만 택시를 탈 때나, 숙소를 찾을 때는 그렇지 않았다. 에어비앤비에 등록된 숙소는 하나도 없었고 누군가의 집에서 공짜로 묵는 카우치서핑은 민폐를 극도로 꺼리는 우리의 성격에 맞지 않았다. 우리는 여행자 대부분이 그러하듯 저렴한 호텔을 찾아야 했다.

가이드북에서 소개하는 저렴한 호텔은 1박에 3만 원 내외. 대중교통을 한 번 타는데 150원, 일반 가정의 전기 요금이 한 달에 3,000원 그리고 휘발유는 1리터에 고작 300원인 나라에서 숙박비만 지나치게 비쌌다. 숙박비를 낼 때마다 택시처럼 외국인 요금이 따로 존재하는 것인가 싶어 매번 눈을 크게 뜨고 가격표를 살폈지만 로비에 적힌 가격 그대로이니 어쩔 도리가 없었다. 더구나 이란은 카드 결제는 물론이고 전 세계 은행 네트워크가 막혀 있어 한국 계좌에 돈이 있어도 출금을 할 수 없다. 100만 원쯤 들고 입국했으니 호텔에 매일 3만 원씩 주면 테헤란에서 한 달 동안 자는 것 외에 할 수 있는 일이 없다. 우리는 기필코 싼 숙소를 찾아야 했다.

"1박에 7만 토만한화 23,000원 정도인 방이 있나요?"

발품 팔아서 10여 개가 넘는 호텔을 돌아다녔지만 마음에 들면 여지없이 가격이 높았다. 적당한 금액이라면 지독히도 허름했다. 진퇴양난이었다. 그 돈이라면 호텔에서 묵을 수 없다며 문전박대할 법도 한데 이곳 직원들은 꼭 다른 호텔을 소개해 줘서 싼 호텔을 찾는 것을 포기할 수 없게 만들었다.

"지하철역 앞에 있는 호텔은 더블룸이 1박에 5만 토만한화 17,000원일걸요. 한 번 가 봐요."

경쟁업체를 소개해 주는 마음이라니! 그동안 살던 자본주의 세상에서는 만나 볼 수 없던 방법을 통해 우리는 너무나 저렴해서 이상한 호텔을 하나 소개받았다.

이 방이 내가 찾던 방입니다

"이 방이 정말 5만 토만이라고요?"
"네. 그런데 인터넷과 아침 식사는 제공되지 않아요."

화려한 객실은 아니지만 지금까지 본 호텔 중에서 가장 깨끗하고 넓었다. 몸만 눕힐 수 있다면 된다는 생각으로 방을 보자고 했는데 화장실까지 있었다. 이 가격에 이런 방에 묵을 수 있다는 것은 그야말로 기적이었다.

인터넷은 한 달에 3,000원 정도 하는 이란 통신비를 생각하면 유심을 사면 될 일이고, 아침 식사는 푸짐한 한식 정찬이 아닌 이상 고려 대상이 아니었다. 기쁜 표정을 감추지 못하고 로비로 뛰어가 호기롭게 3주를 예약했다.

금수저 안 부러운 이 열쇠를 보라

우리가 머물렀던 호텔 이름은 아시아 호텔Asia Hotel. 지하철 2호선 멜랏Mellat 역 앞에 있었는데 정말로 도보로 5분, 역에서 나와서 몇 발자국 걸으면 호텔이었다. 여행하는 동안 처음으로 역세권에 진입한 것이다. 다만 주변에 자동차 부품점이 밀집해 있는 곳이라 혼잡함을 넘어 아수라장인 것이 흠이었다. 소음이 심할까 걱정했지만 실내에서는 방음이 잘 되었다. 도대체 이 호텔은 이렇게 좋은 컨디션임에도 왜 숙박비를 적게 받는지 궁금할 지경이었다.

아시아 호텔의 비밀

호텔 운영을 맡고 있는 아쿼바르Akbar와 그의 아들 둘. 그리고 객실을 정리하는 나이 지긋한 어르신 둘이 이 호텔 구성원의 전부다. 오랜 시간 함께 일을 해왔기에 묻어나는 훈훈함이 손님인 우리에게도 전해졌다.

"벌써 2주째네. 테헤란에 일하러 온 것 같지는 않은데 직업이 뭐야?"

호텔의 막내아들, 사이드Saeed가 내 손을 잡고 질문을 던졌다.

"아내와 함께 세계여행 중이고 테헤란에서 한 달 정도 머물고 있어."

이 호텔은 30년 전, 그러니까 이란 혁명 전부터 이 자리에 있었다. 그때는 이란 화폐 가치가 나쁘지 않아서 수출입이 활발했고 이란의 이미지도 좋아서 호텔에 손님이 끊이질 않았다고 한다. 하지만 혁명이 모든 것을 바꿔 놓았다. 미국과 관계가 틀어지자 화폐 가치가 떨어지고 경제 위기를 맞았다. 관광객이 줄어든 호텔은 꽤 오랜 시간 동안 경영난을 겪었지만 다행히 최근 이란과 미국의 관계가 서서히 회복되고 있어서 손님도 늘고 있단다. 조만간 이란의 경제 상황도 좋아질 것이라며 미소를 지어 보였다. 과연 사이드의 바람이 이루어질까?

"첫날부터 꼭 묻고 싶었어. 너희 호텔은 왜 이렇게 저렴한 거야? 다른 호텔의 절반인 건 알고 있어?"
"알아. 손님들이 하나같이 하는 말이야. 나도 가격을 올리면 어떨까 생각하는데 우리 아버지가 꿈쩍을 안 해. 나야 아버지한테 고용된 입장이니 하라는 대로 하는 수밖에. 아버지는 이 호텔이 오래되고 인터넷과 아침 식사도 없으니 싸야 한다고 생각해. 힘든 시절을 이겨낼 수 있도록 꾸준히 찾아 준 손님들에게 미안한 일을 하면 안 된다고 말씀하셨어."

미안하지 않으려는 장사꾼의 마음이라니. 이런 자본주의 논리는 본 적이 없다. 사이드의 아버지이자 이 호텔의 사장인 아쿼바르 아저씨는 손님에게 늘 두 손을 모아 공손하게 인사한다. 그 모습에 우리는 택시 기사의 바가지요금과 카페에서의 상술로 마음 상해서 돌아온 날에도 호텔 로비에 들어서면 위로를 받았다.

두 번째 달
테헤란 6

검열하는 사회

글 / 

“이 나라 정보는 최신이 없어. 전부 구닥다리거나 있는 자료들도 엉망이야.”

이란에 오기 전, 여행 정보를 찾는 데 애를 먹었다. 한국 여행자는 고사하고 외국 여행자도 많지 않은 나라라는 건 알겠는데 그런 사실을 감안해도 정보의 양이 너무나 제한적이었다. 하지만 이곳에 머물면서 직접 보고 듣고 느낀 것이라 할지라도 모두 공유할 수 없는 곳이 이란이라는 사실을 깨달았다. 이 글을 쓰면서도 내가 어디까지 말할 수 있을지, 어떻게 써야 할지 망설여진다.

어느 날 아침, 호텔로 친구가 찾아왔다. 너무 이른 시간이라서 무슨 일이 생긴 것은 아닌지, 아니면 내가 무슨 실수를 했는지 알 수 없어 어리둥절했다. 그 친구는 가볍게 차 한 잔 마시러 왔다고 했지만 한두 번 얼굴을 익힌 외국인 친구를 연락도 없이 이른 아침에 불쑥 찾아온 것이 보통 일은 아닐 것이다.

‘그동안 친절했던 게 처음부터 뭔가를 바랐던 것이 아닐까? 오늘은 진짜 목적을 말하러 온 건가? 너희는 여행 중이라 현금이 많을 테니 조금만 빌려 달라는 민망한 상황이 벌어지면 어쩌지?’

옷을 갈아입고 호텔 로비로 내려가는 짧은 시간 동안 오만 가지 생각이 떠올랐다. 가이드북에서 읽었던 현금 많은 외국인을 노리는 현지인도 있으니 조심하라는 말도 떠올랐다. 지금까지 좋았던 기억이 한순간에 무너지는 건 아닐까 겁이 났다.

뜻밖의 이야기

"실은 조금 난처했어. 우리가 나눈 이야기가 별것은 아니지만 혹시 문제가 생길까 걱정이 돼서 그래. 조금만 수정하면 될 거야. 그래 줄 수 있을까?"

친구의 입에서 나온 말은 내 예상을 빗나갔다. 어젯밤 내가 SNS에 올린 글을 고쳐 줄 수 있겠냐고 물었다. 가벼운 마음으로 적은 한 줄의 글에 친구는 밤새 걱정하다 이른 아침부터 나를 찾아온 것이다. 여행하며 알게 된 이란의 상황들, 히잡을 대충 쓰면 종교 경찰에게 끌려간다는 것도 몰래 집에서 술을 만들어 먹는다는 것도 함부로 남길 수 없었던 이야기들이었다. 내게 베푼 호의를 불안으로 갚았다는 생각에 마음이 무거웠다. 그날 이후, 나와 은덕은 모든 상황을 감시와 감청으로 연결 짓게 되었다.

"종민, 종일 인터넷 연결이 안 되는데. 혹시 내 핸드폰을 누가 해킹한 건 아니겠지?"
"왜 저 사람이 우리에게 말을 걸었을까? 미행한 거 아니야? 정부 요원인가?"
"우리가 VPN[3] 을 쓰는 걸 알고 그동안 일부러 인터넷을 쓰게 내버려 둔 거 아니

---

3) 인터넷 IP 변경 프로그램. 이란 정부가 SNS 접속을 차단하고 있어 외국인은 이런 VPN 프로그램을 이용해 인터넷을 쓴다. VPN을 사용하면 IP를 강제로 바꿔서 다른 나라에서 접속한 것처럼 이란 정부의 차단을 피해 SNS를 쓸 수 있다.

우리 아무것도 안 했어요

야? 우리가 뭐 하는지 감시할라고?"

일상 속으로 파고든 정부의 감시로 친구는 불안해했고 그것이 내게도 전해졌다. 감시를 받지는 않을까 걱정하느라 여행하면서 느낀 감정을 제대로 기록하지 못했다. 내가 쓴 글로 나를 반겼던 친구들이 피해를 볼까 봐 손가락이 멈칫했고 그렇게 기록하지 못한 이야기는 점점 기억 속에서 사라져 갔다. 처음 이란을 방문하기 위해 정보를 수집하며 기록이 없다고 툴툴거렸던 일이 생각났다. 우리보다 앞서 방문한 사람들도 우리와 비슷한 일을 겪었던 것은 아닐까?

"그동안 우리에게 보여 준 친절이 어쩌면 우리를 감시하던 것이 아니었을까 하는 망상까지 들어. 검열하는 사회에 산다는 것은 이런 거구나."

이란에 와서 검열이 다른 세상의 일이 아니라 바로 내 일이 될 수도 있음을 알았다. 그리고 검열의 무서움도 깨달았다. 우리는 이란에 대한 수많은 이야기를 들었지만 제대로 적을 수는 없다. 내가 쓴 글로 친절했던 친구를 위험하게 만들 수는 없으니까. 내 걱정이 기우이기를 바라지만 한편으로는 가능한 일이기에.

두 번째 달
이스파한 1

이맘 광장은 덤이었어

글 / 

이란을 떠나 네팔로 향하는 비행기를 타기 위해 이란의 또 다른 도시, 쉬라즈Shiraz로 향했다.

"은덕, 쉬라즈 가기 전에 보고 싶은 도시가 있어."

쉬라즈와 테헤란 중간에 있는 이스파한Esfahān. 베이징의 천안문 광장, 모스크바의 붉은 광장과 더불어 세계 3대 광장으로 불리는 이맘 광장Imam Square의 도시로 유명한 곳이다. 종민은 이맘 광장을 보고 싶어 했다. 그동안은 유적지나 관광지를 보기 위해 도시를 방문한 적이 없었는데 이스파한은 우리가 꼭 가야만 했던 필연적인 도시가 아니었을까 싶다. 이스파한에서 벌어진 일들의 모든 시작은 테헤란 버스 터미널에서 하미드Hamid를 만나면서부터다.

"숙소는 정해졌니? 이스파한에 도착하면 동생이 차를 가지고 나온다는데 호텔까지 데려다줄게. 고향을 찾아온 손님에게 도움이 되고 싶어."

이란의
가정집 풍경

하미드는 이스파한 태생으로 현재 쿠알라룸푸르의 한 대학교에서 연구원으로 일하고 있었다. 지금은 비자 문제로 잠시 이란에 와 있었는데 모교에 들렀다가 다시 이스파한으로 가던 중이었다. 그는 숙소를 찾는 것부터 시내 구경, 식사는 물론 집으로 초대해 음식 대접까지 하면서 4박 5일 동안 우리를 극진하게 보살펴 줬다.

"내일 저녁 식사할 겸 우리 집에 갈래?"

이란의 전통적인 대가족 생활이 궁금하던 차였다. 하미드의 집은 시내에서 20킬로미터나 떨어진 외곽에 있었고 일곱 형제와 부모님은 마을 안에 옹기종기 모여 살았다. 하미드는 형제 중에 막내였는데 부모님, 둘째 형과 형수, 조카들과 한집에 살았다. 오늘은 마을에 흩어져 사는 모든 가족이 하미드의 집으로 모이는 특별한 날이었다.

테헤란에서 만났던 친구들의 집이 현대적인 아파트였다면 하미드의 집은 이란의 전통가옥이었다. 집은 'ㄷ'자 형태로 가운데는 정원이 있고 부엌부터 8개의 공간이 연결되어 있었다. 그러니까 부엌에서 맨 끝 방으로 가려면 7개의 문을 열고 다른 식구들이 살고 있는 공간을 지나야만 한다. 방마다 정원으로 통하는 문이 따로 있었지만 부엌 앞에 있는 출입구만 사용하는 듯했다.

거실로 쓰는 방에는 장롱과 텔레비전이, 고등학생인 조카의 방에는 책상과 컴퓨터가 있었다. 나머지 방에는 별다른 가구나 가전제품이 없어서 사람이 없었다면 휑한 느낌이 들었을 것이다. 대신 두툼한 카펫이 깔려 있었다. 우리의 구들장처

바닥에 앉는 순간 가족이 되는 카펫의 마법

럼 이들에게는 카펫이 난방과 안락함을 유지하는 최선의 아이템인가 보다. 화장실은 바깥에 따로 있었는데 쪼그려서 일은 보는 재래식 변기였다. 레일라의 집은 양변기였지만 우리가 머물렀던 호텔도 재래식이었음을 생각해 보면 아직 이란의 대세는 재래식 변기인가 보다.

주몽과 소서노가 되어

멀리서 손님이 왔다고 하미드의 가족은 한껏 들떠 있었다. 하미드는 이란처럼 폐쇄적인 나라에서 외국인을 만나는 것 자체가 어려운 일이라며 조카 녀석들에게 좋은 추억이 될 거라고 했다.

"안 되겠다. 너희를 알리Ali 원, 투, 쓰리, 포라고 부를게."

이란 남자의 이름 중에서는 가장 많은 이름이 '알리'라고 했다. 하미드의 조카 중에도 알리가 4명이나 있었다. 호기심 많은 알리들은 학교 영어 교재를 가지고 와서 우리에게 끊임없이 질문했다. 우리와의 만남을 영원히 기억하고 싶다며 단체 사진을 찍었고 그것도 모자라 돌아가면서 개별 사진도 찍었다. 동쪽 끝에서 온 유명인사가 된 것처럼 우리는 그 시간을 기꺼이 즐겼다.

"너희를 주몽과 소서노라고 부르겠어."

3년 전, 이란에서 방영된 드라마 <주몽>이 꽤 인기를 끌었는지 테헤란에 도착한 첫날부터 한국에서 왔다고 하면 다들 <주몽> 이야기부터 했다. 4명의 알리들은 우리의 이름을 외우는 것이 힘들었는지 종민을 주몽이라고 부르고 나를 소서노라고 부르며 자기들끼리 시시덕거렸다. 하미드가 그러지 말라고 해도 막내 삼촌의 위엄은 오래가지 못했다.

"우리가 언제 주몽과 소서노가 되어 보겠어. 아이들에게 감사하자고."

아이들과 노닥거리다 보니 어느새 저녁 시간이 되었다. 이란의 식사는 식탁이 아니라 카펫에서 이루어진다. 유목민들이 이리저리 떠돌면서 간편하게 바닥에 앉아 밥을 먹는 것이 지금까지 이어진 걸까? 처음에는 낯설었지만 재래식 변기도 바닥 식사도 편해진 걸 보니 이란을 떠날 날이 며칠 안 남은 모양이다.

하미드는 떠나는 날까지 호의를 멈추지 않았다. 그의 이런 관심과 환대는 다른 나라와 교류가 적고 폐쇄적인 이란이기 때문에 가능했으리라. 그들에게 외국인은 귀한 존재였고 호기심을 불러일으키는 대상이었다. 자유가 없는 나라라고 이란을 답답하게 생각했지만 이방인을 향한 열렬한 환대는 잊을 수 없을 것이다. 하미드와 그의 가족들 그리고 우리의 전화번호를 받아갔지만 만나지 못했던 많은 사람까지. 이스파한 전경을 굽이 볼 수 있는 언덕 정상에 올라 우리는 마지막 사진을 찍었다.

"고마워. 하미드. 이스파한은 이맘 광장이 아니라 너로 기억되는 도시일 거야."

두 번째 달
이스파한 2

겁 없는 아내와 걱정 많은 남편

글 / 

한 달에 한 번은 짐을 싸고 어딘가로 떠나는 삶. 여전히 다른 도시로 떠나기 전날은 긴장돼서 쉽게 잠들지 못한다. 테헤란의 마지막 밤도 인터넷을 뒤적이고 있었다. 검색창에 이스파한이라고 쳤더니 이틀 전에 올라온 뉴스 하나가 보였다. 이슬람 극우 세력으로 추측되는 오토바이 2인조의 테러 소식이었는데 그들이 노린 대상은 명확했다. 히잡을 제대로 착용하지 않은 여성. 그녀들을 향한 처참한 염산 테러가 이스파한에서 자행되고 있었고 한 달 동안에만 8건의 사고가 접수되었다고 한다.

곤히 잠든 은덕을 바라봤다. 그녀는 며칠 전부터 불편하다고 목까지 흘러내린 히잡을 내버려두기 일쑤였다. 히잡이 조금만 더 내려가면 종교 경찰이 와서 경고할지 모른다고 생각했다. 그렇다고 이스파한에 가지 말자고 할 수도 없었다. 이런 이야기를 해 봐야 한 번 정한 목적지를 그녀가 바꿀 리 없고 매사에 부정적이고 걱정이 많다고 빈정거릴 것이 자명하기 때문이다. 하물며 이스파한은 내가 먼저 가자고 말한 도시이기도 했다. 이러지도 저러지도 못하는 상황에서 걱정만 하다가 날이 밝았다.

'테러를 당하면 어떻게 해야 할까? 내가 은덕 대신 염산을 뒤집어쓸 수 있을까?'

달리는 버스 안에서 여러 상황을 가정해 봤다. 내가 할 수 있는 유일한 선택은 위험한 상황이 포착되면 빠르게 도망치는 것뿐이었다. 은덕이 히잡을 벗으려 할 때마다 내가 잽싸게 다시 씌워주는 것 외에 방법이 없었다. 딱 하루만 이스파한에서 버티고 얼른 다른 도시로 가려고 했다. 그런데 그 하루가 하미드를 만나면서 닷새가 되었다. 보고 싶었던 이맘 광장의 웅장한 아름다움도 마주했다. 다행히 아무런 사고도 없었지만 이스파한을 떠나는 날까지도 내 마음은 조마조마했다. 이란을 떠나며 은덕에게 물었다.

"그날 내가 이스파한의 염산 테러 소식을 말했다면 가지 않았을 거야?"
"아니. 그래도 갔을 건데."
"왜? 안 무서워? 그러다 네가 염산 테러당할 수도 있었잖아?"
"구더기 무서워서 장 못 담그냐? 만약 염산을 뒤집어썼어도 그건 내 운명이었겠지. 그렇다면 어쩔 수 없는 거 아닌가?"

걱정,
그거 먹는 건가요?

다른 여행기를 보면 납치를 당해도 호기롭게 도망치고 강도를 만나도 임기응변으로 모면하던데 나는 그럴 자신이 없다. 그래서 위험하다면 피하려는 경향이 짙다. 반면 은덕은 그런 위험 요소를 전혀 고려하지 않는다. 내가 늘 옆에서 적당히 조심하고 알아서 위험을 피하니 더 그런 것이다. 은덕에게 걱정이란 필요 없는 물건 같은 거다.

이스파한에서 사고가 나지 않았던 것은 내가 조심했기 때문일 수도 있고 인샬

아름답고 웅장했던
이맘 광장

라, 즉 신의 뜻이었을 수도 있다. 그러나 벌써 여행이 600일이나 지난 지금, 별다른 사고 없이 흘러갈 수 있었던 것은 우리 두 사람의 성격이 다르기 때문이라는 것만은 분명하다. 나는 지나치게 조심하고 은덕은 지나치게 걱정이 없다. 우리 두 사람이 열심히 싸운 결과 균형을 유지하며 여행할 수 있었던 것은 아닐까?

은덕과 나는 여전히 서로의 여행 스타일을 두고 아옹다옹한다. 그렇지만 나에게는 지켜야 할 토끼 같은 마누라가 있고 은덕에게는 돈은 못 벌지만 든든한 남편이 있으니 괜찮은 거다. 여행이 끝나도 우리가 함께 사는 동안은 늘 그럴 것이다.

어디까지나 주관적이고 편파적인 테헤란 한 달 정산기 1

*** 도시 ***

테헤란, 이란 / Teheran, Iran

*** 기간 ***

2014년 10월 16일 ~ 11월 2일 (17박 18일)

*** 주거 형태 ***

아시아 호텔 더블룸

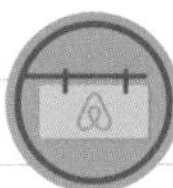

*** 숙박비 ***

총 266,000원 (1박 16,000원)

*** 도시 ***

이스파한, 이란 / Isfahan, Iran

*** 기간 ***

2014년 11월 2일 ~ 11월 6일 (4박 5일)

*** 주거 형태 ***

또띠아 호텔 더블룸

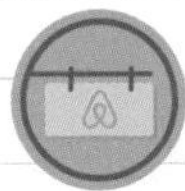

*** 숙박비 ***

총 100,000원 (1박 25,000원)

어디까지나 주관적이고 편파적인 테헤란 한 달 정산기 2

*** 도시 ***

쉬라즈, 터키 / Shiraz, Turkey

*** 기간 ***

2014년 11월 6일 ~ 11월 10일

(4박 5일)

*** 주거 형태 ***

암바리 호텔 더블룸

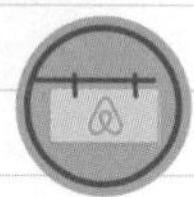

*** 숙박비 ***

총 447,000원 (1박 평균 18,000원)

*** 생활비 ***

총 497,000원

(체류 당시 환율, 1달러 = 32,000리알 = 3,200토만)

* 2인 기준, 항공료 별도

*** 종민** 이란에서는 숙소 생활비 다 포함해도 둘이서 100만 원도 안 썼어. 물가가 워낙 쌌지?

*** 은덕** 물가가 싸기도 했지만 친구들 집에 가서 밥을 얻어먹으니 생활비가 적게 들었지. 대신 에어비앤비 숙소가 없어서 게스트하우스를 가장한 호텔에서 지내느라 숙박비는 많이 든 편이야. 그래도 아시아호텔은 인근 호텔에 비해 월등히 싼 비용에 객실도 넓고 깨끗했지.

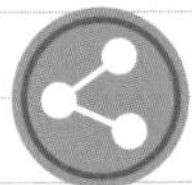

만난 사람: 40명 + α

공항에서 택시비 흥정을 대신해 주던 친절한 가족, 무슨 일이 생기면 전화하라던 테헤란 시민들, 우체국에서 만난 레일라와 그녀의 일가친척들, 카우치서핑으로 세계 여행자를 만나던 씨민, 테헤란의 몹쓸 택시기사, 아시아호텔의 사장님과 스탭들, 이스파한을 행복하게 만들어 준 하미드와 그의 가족들.

방문한 곳: 4곳 + α

테헤란의 경치를 볼 수 있는 토찰 산, 인도 비자를 받기 위해 갔던 인도대사관, 친절했던 주이란 대한민국 대사관, 이란의 유구한 역사와 마주친 이맘 광장.

3

세 번째 달 / 히말라야

함께 걷는다는 것의 의미

여행하면서 다툼이 서서히 잦아들었다. 상대방의 속도에 맞추는 방법을 터득했기 때문이 아닐까? 이제는 합의점을 찾는 것이 어렵지 않다. 숱하게 싸우면서 서로의 존재에도 익숙해졌다. 흔히 부부생활을 나란히 걷는 것에 비유한다. 그러나 우리는 나란히 걷기보다는 서로의 뒤통수를 보며 걷기로 했다. 내 뒤에서 누군가가 발맞춰 걷고 있음이 그렇게 좋을 수 없다. 오늘도 그 사람을 자꾸만 돌아보며 걷는다.

카트만두
Kathmandu
1,400m

사브루베시
Syabrubesi
1,460m

라마 호텔
Lama Hotel
2,480m

랑시샤 카르카
Langshisha Kharka
4,160m

칸진 곰파
Kyanjin Gompa
3,870m

랑탕마을
Langtang Village
3,430m

랑탕밸리 트레킹

langtang valley trekking

세 번째 달
히말라야 1일 차

안녕,
낯선 사람

글 / 

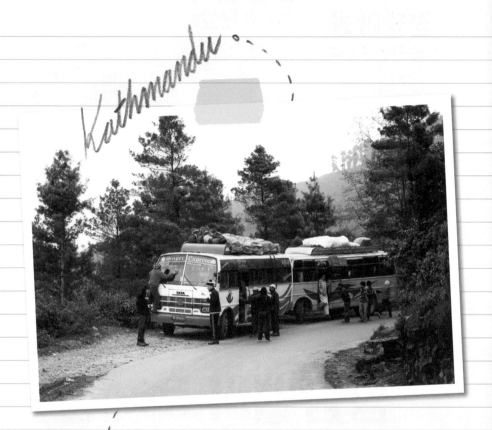

Kathmandu

Syabrabesi

이동 구간
카트만두Kathmandu(1,400m) →
사브루베시Syabrubesi(1,460m)

이동 시간
버스 7시간,
도보 1시간 30분

"두 분이 네팔에 계시는 동안 저희도 같이 여행해도 될까요?"
"물론이죠. 그럼 히말라야 트레킹을 할까요?"

여행 중에 만난 인연은 자전거 같아서 쌩하고 지나칠 때가 많다. 스쳐 가는 자전거를 불러 세우지 않으면 다시 만날 수 없다. 해인도 처음에는 그런 존재였지만 남미로 향하는 크루즈에서 처음 만난 뒤, 멘도사Mendosa에서 한 달을 함께하면서 곁에 두고 오래 보고 싶은 사람이 되었다. 해인의 동생인 서하 그리고 그녀의 엄마인 윤경 언니까지 이곳, 히말라야에 도착했다. 트레킹을 함께하자고 권할 때만 해도 그들이 정말로 비행기를 타고 이곳까지 올 줄은 꿈에도 몰랐다.

트레킹 하루 전, 네팔 카드만두에서 모든 일행이 만났다. 긴 생머리에 하얀 얼굴을 가진 아직은 앳된 소녀 서하와 전화와 메신저로 수시로 소통해 낯설지 않았던 윤경 언니, 그리고 트레킹에 동행하는 가이드 타랄Taral, 짐을 함께 들 날린Nalin까지. 모두 6명이었다. 이들과 앞으로 9일 동안 네팔과 티베트의 경계인 랑탕밸리Langtang Valley 코스를 걸을 예정이다.

트레킹 첫날은 카트만두를 떠나서 버스를 타고 사르부베시까지 가는 것만으로도 하루가 꽉 찼다. 직선거리로는 50킬로미터가 조금 넘는데 비포장도로를 타고 굽이굽이 산을 넘자니 먼지를 뒤집어쓰면서 8시간이 넘도록 달려야 했다. 롤러코스터처럼 덜컹거리는 길을 고작 25명 정도 앉을 수 있는 미니 버스로 달렸다.

종민과 내가 앉은 자리는 창문을 아무리 닫아도 자꾸만 열리는 최악의 자리였다. 폐차 직전인 네팔의 버스는 쾌쾌한 매연을 뿜었고 창문을 통해 들어오는 히말라야의 차가운 바람에 무릎이 시렸다. 하지만 이 모든 것은 시작에 불과했다.

7시간을 내리 달리던 버스가 멈췄다. 앞서가던 트럭이 고장이 났는지 길을 막고 꼼짝하지 않았다. 30분 정도 기다렸을까? 타랄이 1시간이면 충분하다고 남은 거리를 걸어가자고 했다. 꼬불꼬불한 길을 걸어서 낭떠러지 아래 있는 마을까지 가는데 꼬박 1시간 30분이 걸렸다. 내일부터 쓰려던 멘소래담과 파스를 꺼내며 그에게 말했다.

"종민, 첫날부터 심상치가 않은걸!"

*** 랑탕밸리 코스**

랑탕밸리는 카트만두 북부에 있는 골짜기 중 하나로 사브루베시를 시작으로 계곡을 따라 칸진 곰파Kanjin Gompa까지 올라 다시 내려오는 코스다. 다른 히말라야 트레킹과 비교했을 때 편안하게 걸으며 서서히 고도를 높이는 구간이 많아 산행이 익숙지 않은 사람들도 일주일에서 열흘이면 다녀올 수 있다. 네팔, 티베트의 접경으로 티베탄과 네팔리가 모여 살고 있으며 마을을 지날 때마다 그들이 사는 모습을 만날 수 있는 것 또한 매력적이다.

세 번째 달
히말라야 1일 차

끌려가는 인생

글 / 

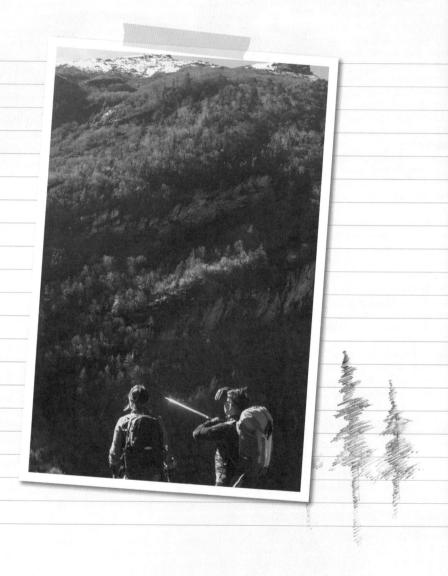

직접 경험하지 않은 사람에게 히말라야에 대한 이미지는 산장에서 마시는 달콤한 밀크티 한 잔일 뿐이다. 산장까지 오르는 시련은 생각하지 않고 밀크티처럼 달콤한 사진과 글로 접한 이미지를 들먹이면서 히말라야를 외치는 은덕이 답답했다. 몇 달을 어르고 달랬고 겁도 줬지만 은덕의 고집을 꺾을 수 없었다. 이란에서 염산 테러의 위협도 꺾지 못했던 그녀의 고집이지 않은가! 결국 은덕이 바라는 대로 히말라야에 왔지만 카트만두에 도착하기 전까지 트레킹에 관해 일절 관심을 두지 않았다.

이른 아침, 과연 움직일까 의심스러운 구닥다리 미니 버스에 올랐다. 천장에 머리를 찧어가며 랑탕밸리의 시작점인 사브루베시로 향했다. 걱정스러운 마음에 가이드북을 펼쳤다. 우리 일행이 걸을 랑탕밸리는 매일 7시간 정도 걸으면서 고도를 차근차근 높이는 완만한 코스였다. 가장 높은 곳은 고도가 5,000미터였지만 무리만 하지 않는다면 고산병도 없을 것이다. 그렇지만 여전히 나는 이 트레킹이 하고 싶지 않다.

10년 전, 히말라야 끝자락에 있는 티베트에 다녀온 경험이 있다. 산길을 걷고 먼지를 뒤집어썼지만 보름이 넘도록 샤워를 할 수 없었다. 그뿐이랴? 매일 몇백 미터씩 산을 오르내려서 체력적으로도 버거웠다. 물론 그 과정에서 만난 풍경은 잊을 수 없을만큼 아름다웠지만 여전히 그때를 생각하면 고생스러운 기억이 먼저 떠오른다. 랑탕밸리를 목전에 두고도 썩 내키지 않는 내 마음을 어찌할까?

세 번째 달
히말라야 2일 차

단풍놀이

글 / 

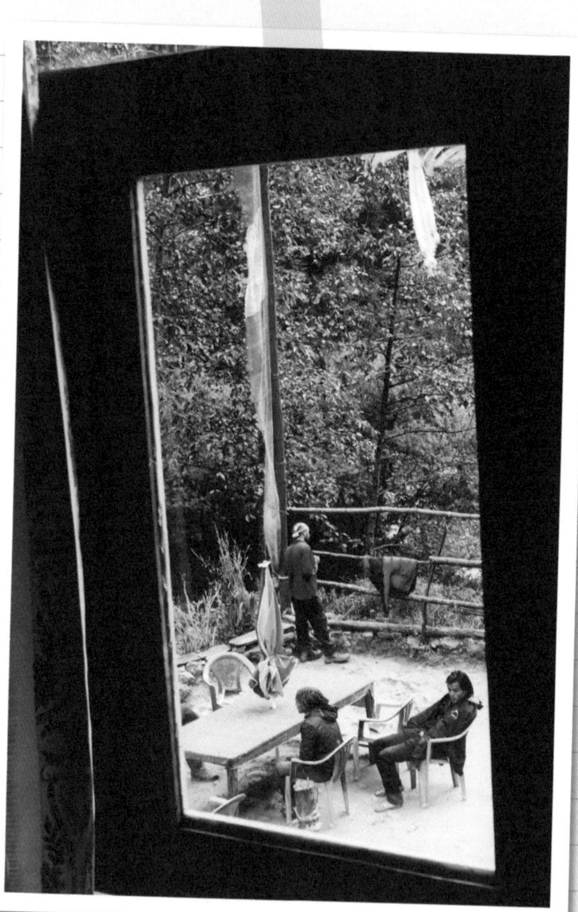

이동 구간
사브루베시Syabrubesi(1,460m) →
라마 호텔Lama Hotel(2,480m)

이동 시간
도보 6시간 30분

히말라야 산 속이라서 아무것도 없을 줄 알았는데 아직까지는 전기도 잘 들어오고 인터넷도 할 수 있다. 무엇보다 이곳에서 먹는 현지 음식은 카트만두에서 먹던 것보다 입에 잘 맞는다. 억지로 끌려왔지만 시작은 나쁘지 않다.

식당 한쪽에 앉아서 식사 중인 날린과 타랄이 눈에 들어온다. 열흘 동안 우리와 함께 트레킹을 하지만 그들의 잠자리는 우리보다 못한 곳이고 음식도 달밧Dal bhat, 익힌 쌀과 렌틸콩으로 만든 수프에 야채를 곁들여 먹는 음식이 전부다. 우리 짐까지 들어야 하는 날린과 타랄을 생각하니 내 업보 하나를 그들에게 미룬 것 같아서 미안하다. 최대한 개인 물품은 각자 들고 그들의 어깨를 가볍게 해 주고 싶었다. 짐을 대신 들어주는 대가로 돈을 냈고 날린과 타랄도 동의했으니 미련한 생각일 수도 있지만 아직은 체력적으로 여유가 있고 무작정 짐을 넘기는 것은 아니다 싶었다. 트레킹을 하면서 힘이 빠지면 그때 조금씩 조절하면 될 일이었다. 은덕, 서하, 윤경 누나는 최대한 짐을 줄여서 어깨에 멨고 나와 날린, 타랄이 나머지 짐을 나눠서 들었다.

숙소를 출발하니 붉고 노랗게 물든 나뭇잎 사이로 설산이 빛나고 있었다. 저 멀리 오늘 우리가 올라야 할 길이 보인다. 아름다운 풍경이지만 우리 짐을 들고 걷는 날린과 타랄 때문에 마음이 무겁다.

세 번째 달
히말라야 2일 차

고행 길

글 / 

힘들었다. 오르고 또 올라도 오르막길. 언제쯤 내리막이 나오나. 이 길의 끝에는 무엇이 있기에 우리는 오르고 또 오르는 걸까? 나는 이렇게 힘든데 윤경 언니와 서하는 어쩜 저렇게 가벼운 걸까? 내 뒤에 딱 붙어 있느라 속도를 못 내는 종민도 본인 페이스대로 갔다면 시원시원 잘도 오르겠지. 나만 왜 이 모양일까!

다리 근력이 없는 나는 오르막을 오를 때면 육체의 한계를 느낀다. 요가를 배울 때도 가장 힘든 동작이 하체를 이용한 동작이었다. 내게 1시간 동안 급경사를 오를지, 4시간 동안 평지나 내리막을 걸을지 선택하라면 시간이 아무리 더 걸려도 주저 없이 후자를 택할 것이다.

오늘 여정은 오르막, 오르막, 또 오르막이다. 오르막길이 끝나고 잠깐이라도 평지가 나타난다면 얼마든지 참을 수 있다. 그러나 5시간 동안 계속 오르막길만 걸었다. 내 뒤에서 어르고 달래며 따라오는 종민을 제외하면 나머지 일행들은 벌써 1킬로미터 이상을 앞서고 있었다. 스틱 2개와 별 쓸모없는 다리에 의지한 몸뚱이는 거북이처럼 천천히 산을 기어갈 뿐이다.

체력은 떨어지고 말수는 줄고 생각만 늘어간다. 산을 따라서 흐르는 랑탕계곡을 보며 나는 인생을 생각했다. 아무리 힘들어도 멈추는 법 없이 무심하게 흐르는 인생 말이다. 사람들은 이래서 산에 오르는 걸까? 산에 오르면 누구나 사색에 빠지는 걸까? 온전히 사색에만 집중하길 원한다면 이만한 고행도 없을 것이다.

2일 차로 접어들던 날의 트레킹은 다시는 떠올리고 싶지 않을 만큼 괴로웠다. 그래도 끝까지 버틸 수 있었던 것은 내 뒤에서 묵묵히 버텨주던 종민이 있었기 때문이다. 그것만으로도 충분했다. 아니다. 충분하지 않았다. 오늘이 지나면 멘소래담은 바닥을 보이겠지.

LANGTANG RI TREKKING
& EXPEDITION
TRAVEL

세 번째 달
히말라야 3일 차

고산증의 시작

글 / 

lang tang
Village
(3,430m)

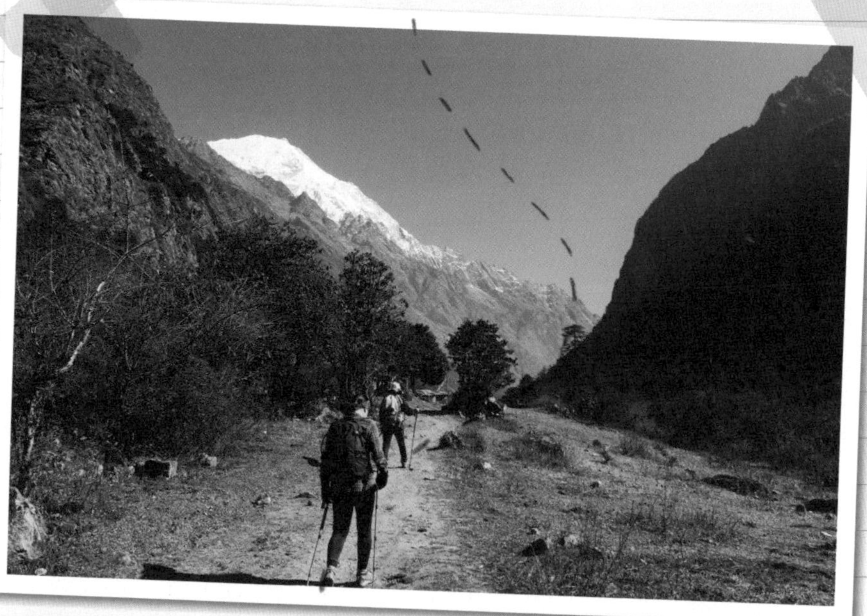

lama hotel

2,480m

이동 구간
라마 호텔Lama Hotel(2,480m) →
랑탕마을Langtang Village(3,430m)

이동 시간
도보 6시간

새벽 6시 30분, 아침을 먹기 위해 식당으로 갔는데 윤경 언니의 안색이 심상치 않았다. 입술이 보랏빛으로 변했고 두통과 메슥거림으로 잠까지 설쳤다고 했다. 겨우 해발 2,000미터를 넘겼을 뿐인데 고산증이 온 것일까? 오늘은 고도를 1,000미터나 높여야 하는데 언니가 버틸 수 있을까? 다행히 오르막과 내리막, 평지가 섞인 길을 걸을 예정이었지만 걱정이다.

종민과 나는 거북이처럼 느리게 걸었기 때문인지 별다른 고산증 증세가 나타나지 않았다. 이제 갓 10대를 벗어난 서하도 강인한 체력을 자랑했다. 가이드인 타랄의 말처럼 오늘은 수월한 코스였고 내 몸도 어제와 달리 날아갈 듯 가벼웠다. 하지만 힘들어하는 일행을 두고 깨방정을 떨 수는 없었다. 내일은 내가 고산증으로 힘들어할 수도 있으니까.

4시간 정도 걸었을까? 점심을 먹기 위해 휴게소에 잠시 들렀을 때 휴대폰을 만지작거리던 서하가 놀란 토끼 눈을 하고 외쳤다.

"엄마, 미안해. 오늘 생일이었네."

맙소사. 하필 고산증으로 힘들어하는 날이 윤경 언니의 생일일 건 뭐람? 엄마 생일인데 아무것도 준비하지 못한 서하도 함께 산을 오르는 우리도 난처했다. 몸은 힘들고 엄마 생일을 잊은 딸을 바라보는 윤경 언니의 심경은 어땠을까? 내색은

안 했지만 서운하지 않았을까? 나도 부모님의 기념일이나 생일을 챙기는 자식은 아니라서 서하에게 뭐라 할 처지는 아니었다.

산을 오르는 동안 윤경 언니는 김윤경이라는 사람이기보다는 서하의 엄마였다. 자신이 아파도 딸을 먼저 챙겼고 생일을 잊은 딸에게 서운하다는 말도 하지 않았다. 독립적이고 자신의 시간을 소중하게 생각한다던 윤경 언니도 한 아이의 엄마였다. 언니와 서하를 보면서 부모라는 자리를 되돌아본다.

세 번째 달
히말라야 3일 차

나의 발걸음, 나의 속도

글 / 

himalayas

Nepal

일행은 이미 저만치 앞서가지만 은덕은 개의치 않고 자기 속도를 지켰다. 체력이 약한 그녀는 남들처럼 힘차게 걷지는 못해도 자신의 몸 상태에 귀를 기울이고 자주 쉬면서 상태를 체크했다. 거북이걸음이라 느리지만 꾸준히 목적지를 향해 걷고 또 걷는 그녀다. 그런 은덕의 뒤에 나는 거북이 등딱지처럼 달라붙었다.

1년 전, 남미에서 트레킹을 했을 때는 은덕이 무척 힘들어했다. 자신의 속도가 아니라 내 장단에 맞춰서 걸었으니 버거웠을 것이다. 은덕은 제 능력을 잘 알고 있고 이번에는 자신에게 맞춰 걸어달라고 부탁했다. 그녀의 발걸음을 맞춰 걷는 것이 쉽지는 않았지만 은덕이 자신의 체력보다 벅차게 걷는 것보다는 내가 맞추는 것이 편하지 싶어서 조용히 뒤를 따랐다.

여행하면서 자주 다퉜지만 서서히 싸움이 줄었다. 상대방의 속도에 맞췄기 때문이 아니었을까? 나는 본론을 말하기 전에 관심을 끌기 위해 재미있는 이야기를 먼저 풀어놓는 스타일이라면 은덕은 처음부터 끝까지 본론을 이야기하는 스타일이다. 처음에는 이런 차이를 알지 못해서 자주 싸웠다. 이제는 서로 합의점을 찾는 일이 어렵지 않다. 물론 내가 은덕의 속도에 맞추는 일이 훨씬 많고 내가 다 양보해서라고 생각한다. 은덕은 헌신하면 헌신짝 된다고 외치지만 누군가는 조금씩 포기해야 한다. 포기할 줄 알고 조금 더 지혜로운 사람이 바로 나라는 사람이니 어쩌겠는가? 내가 맞춰야지.

세 번째 달
히말라야 4일 차

가방의 무게

글 / 

lang tang village

kyanjin gompa (3.870 m)

이동 구간
랑탕마을Langtang Village(3,430m) →
칸진 곰파Kyanjin Gompa(3,870m)

이동 시간
도보 5시간

10년 전, 한국에서는 차마고도 이야기가 유행했다. 나를 포함한 한국인 10여 명이 그 길을 따라서 히말라야의 끝자락을 넘었다. 먹을 걸 포함해서 필요한 모든 것을 가져가야 했기 때문에 손이 부족했다. 짐을 들어줄 장족Tibetan, 藏族 출신의 남자 10여 명을 찾았고 그들의 도움으로 산을 넘을 수 있었다.

"네 마음을 이해 못 하는 것은 아니지만 그러다가 다른 일행의 일정도 망친다. 그러니까 그들에게 배낭을 맡겨라."

아무리 돈을 줬다지만 내 짐을 맡기는 것이 미안해서 스스로 들겠다고 고집을 부리다가 혼쭐이 났다. 그로부터 10년이 지났어도 내 고집은 변하지 않았다. 랑탕 밸리를 오르는 동안 처음부터 짐을 모두 주지 않고 컨디션에 따라 짐을 나눌 예정이었다. 타랄이 드는 배낭은 내 배낭과 비슷한 무게였고 타랄과 날린의 짐을 줄여 준 만큼 우리에게 더 신경을 써 주길 바랐다.

그런데 타랄은 가벼워진 배낭만큼 긴장을 풀고 느슨해졌다. 윤경 누나가 고산증 증세로 힘들어해도 일정을 조절하지 않았다. 지나는 길목에 있는 산장마다 들러 몰래 술을 마시느라 우리 일행과 떨어져 있는 시간도 늘어났다. 우여곡절 끝에 베이스캠프인 칸진 곰파에 도착한 우리는 이제 모든 고생이 끝난 줄 알았지만 본격적인 고난은 그때부터 시작이었다. 그리고 타랄의 일탈도 걷잡을 수 없이 심해졌다.

세 번째 달
히말라야 4일 차

거북이가 달렸다

글 /

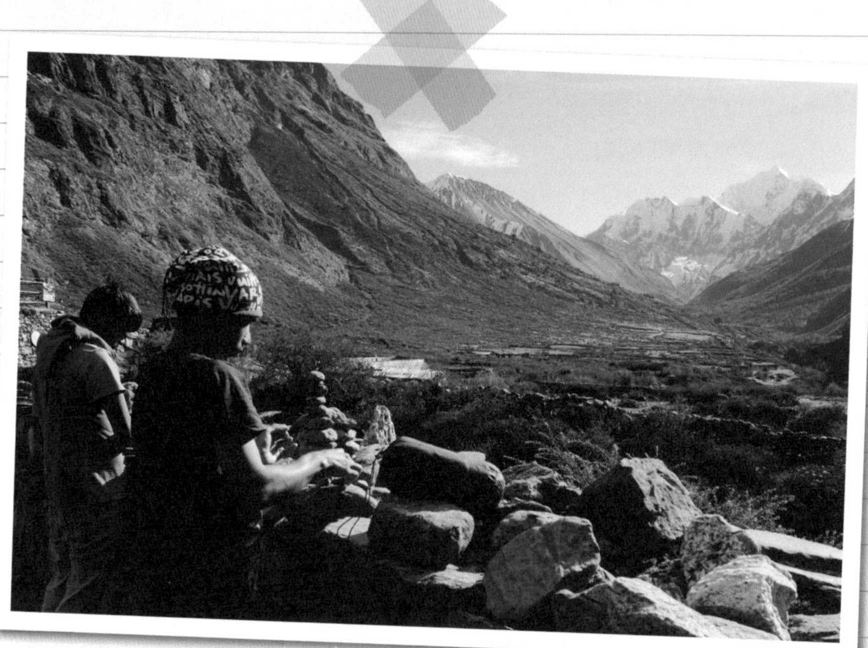

Cherko Ri
5,000m

오늘은 고도를 450미터나 올리는 날이다. 고도 1,000미터를 올려야 했던 어제와 비교하면 절반 정도의 수준이지만 고도가 3,000미터를 넘어가는 순간 한 발 한 발 내디딜 때마다 숨이 찼다. 이제부터가 시작이구나 싶었다. 그런데 참으로 이상한 것이 종민의 말대로 6개월 전 남미에서 고도 5,000미터를 경험함 것을 몸이 기억하는지 그럭저럭 견딜 만했다. 오히려 힘든 상황을 대비해 몸이 에너지를 비축하고 있다는 느낌마저 들었다. 낙타가 자신의 수분과 에너지를 혹에 저장하는 것처럼 말이다. 숨은 찼지만 에너지를 몽땅 쏟아붓지 않아도 되니 몸과 마음이 가뿐했다.

오늘부터 3박 4일 동안, 이곳 칸진 곰파를 베이스캠프 삼아 당일치기로 주변을 트레킹할 예정이다. 베이스캠프에만 도착하면 트레킹은 접어두고 이곳에서 풍류나 읊으려 했는데 지금 상태라면 고도 5,000미터 지점에 있는 체르고 리Cherko Ri, 랑탕밸리 코스에서 일반인이 다가갈 수 있는 가장 높은 봉우리까지도 다녀올 수 있을 것 같았다. 종민의 표현대로 느릿느릿 기던 거북이가 괴력을 발휘하고 있었다. 지금처럼만 체력 관리를 한다면 가장 높은 봉우리에도 오를 수 있으리라.

윤경 언니는 조금씩 나아지고 있었지만 고산증 증세가 이어졌고 서하도 지쳐가고 있었다. 나를 따라 천천히 움직이던 종민은 아직 쌩쌩했다. 우리 일행은 그래도 사정이 나은 편이었다. 사브루베시부터 함께 산을 오르고 있는 일본인 친구는 어제부터 고산증으로 한 발자국도 움직이지 못했다. 그녀는 칸진 곰파로 향하는 우리를 보고 눈물을 보였다. 얼마나 힘들었으면 다 큰 처자가 울기까지 했을까?

모르긴 몰라도 윤경 언니도 인내와 고통의 시간을 버티며 여기까지 왔을 것이다. 어젯밤에도 두통 때문에 한숨도 못 잔 그녀는 아침이 되어서야 겨우 상태가 좋아진 몸을 이끌고 칸진 곰파까지 왔다. 언니는 걷는 동안 어떻게 해야 일행에게 피해를 주지 않고 혼자서 하산할 수 있을까 고민했다고 한다. 여기까지 온 것만으로도 기적이었고 고비를 넘겼는지 언니의 증상도 점점 호전되고 있었다. 어쩌면 언니도 함께 체르고 리에 오를 수 있을지도 모른다. 그녀가 조금만 더 힘을 내주기를.

세 번째 달
히말라야 5일 차

선택의 기로

글 /

4,160m

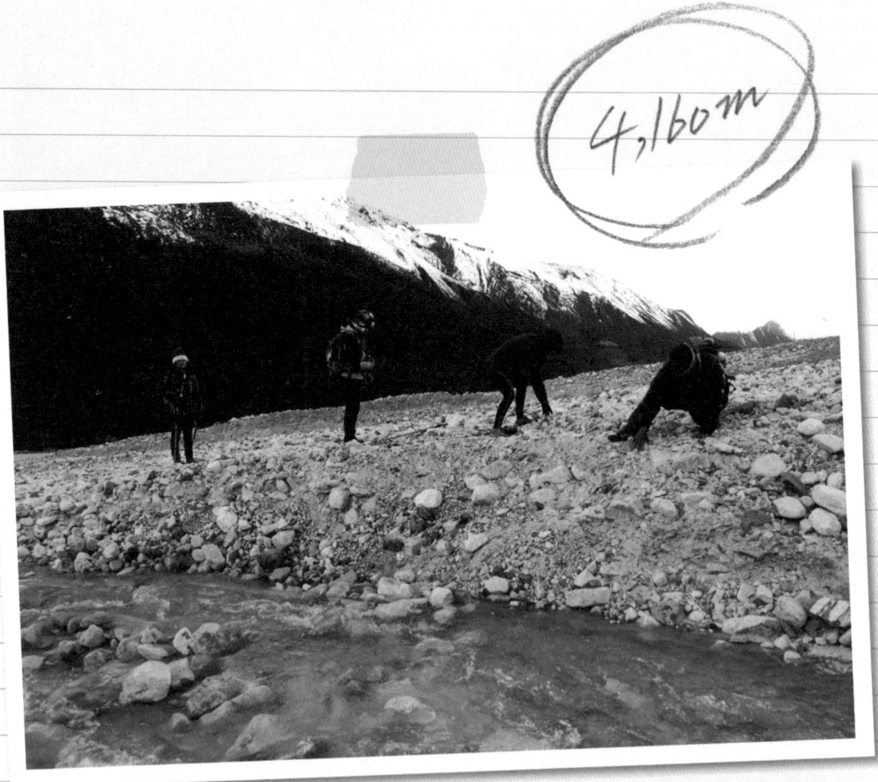

Langshisha Kharka

이동 구간
칸진 곰파Kyanjin Gompa(3,870m) →
랑시샤 카르카Langshisha Kharka(4,160m) →
칸진 곰파Kyanjin Gompa(3,870m)

이동 시간
도보 6시간

종민이 이상하다. 랑시샤 카르카에서 돌아오는 길, 입술이 보라색으로 변하고 급기야 트레킹 도중 길바닥에 주저앉았다. 생각해보니 오늘 새벽, 종민은 밥을 한 숟가락도 뜨지 않았다. 별다른 증세가 없어서 밥맛이 없는 줄 알고 가볍게 넘겼는데 탈이 난 것이다.

왕복 6시간이 걸리는 오늘 코스는 오르막이 없는 평평한 길이지만 자갈과 하얀 모래, 계곡을 건너야 했고 칼날 같은 바람을 버텨야 했다. 영하로 떨어진 체감 온도와 설산으로 둘러싸인 해발 4,160미터의 랑시샤 카르카로 가는 길은 거대한 빙하 속으로 빨려 들어가는 것처럼 혹독했다.

기어가다시피 걸어서 베이스캠프로 돌아온 종민은 또 아무것도 먹지 못하고 침낭으로 들어갔다. 종민이 밥맛이 없는 날은 1년에 한두 번 정도인데 크게 아플 것이라는 신호다. 그는 침낭 속에서 오들오들 떨었고 피가 섞인 기침을 뱉었으며 밤새 설사를 했다. 윤경 언니처럼 서서히 증세가 나타난 것이 아니라 갑자기 심해져서 일행 모두가 당황했다.

"천천히 걸어서 무리도 안 했잖아? 어제까지만 해도 멀쩡했고."
"실은 어젯밤에 반팔 입고 잤는데 좀 추웠어."

히말라야에 있으면서 몸을 꽁꽁 싸도 모자랄 판에 반팔이라니! 기가 찼지만 아픈 사람을 두고 뭐라 할 수 없었다. 더욱이 아침에 모두 털모자에 두꺼운 점퍼를 입고 채비를 할 때도 종민은 괜찮다며 얇은 바람막이 하나만 입었다. 더위에 약하고 추위에 강한 사람이기에 그러려니 내버려 두었는데 추위에 시달리다가 결국 저체온증이 온 것이다.

랑시샤 카르카로 가는 길이 이렇게 추울 줄은 아무도 몰랐다. 이곳을 수차례 드나든 타랄은 알고 있었겠지만 그는 어떤 조언이나 정보를 주지 않았다. 더욱이 몰래 마시던 술을 어제부터는 대놓고 마시더니 얼큰하게 취해버려서 어떤 기대도 할 수 없게 만들었다.

그날 밤, 종민은 한숨도 자지 못하고 앓았다. 우리는 결정을 내려야 했다. 모두 하산을 할 것인가, 종민만 내려보낼 것인가.

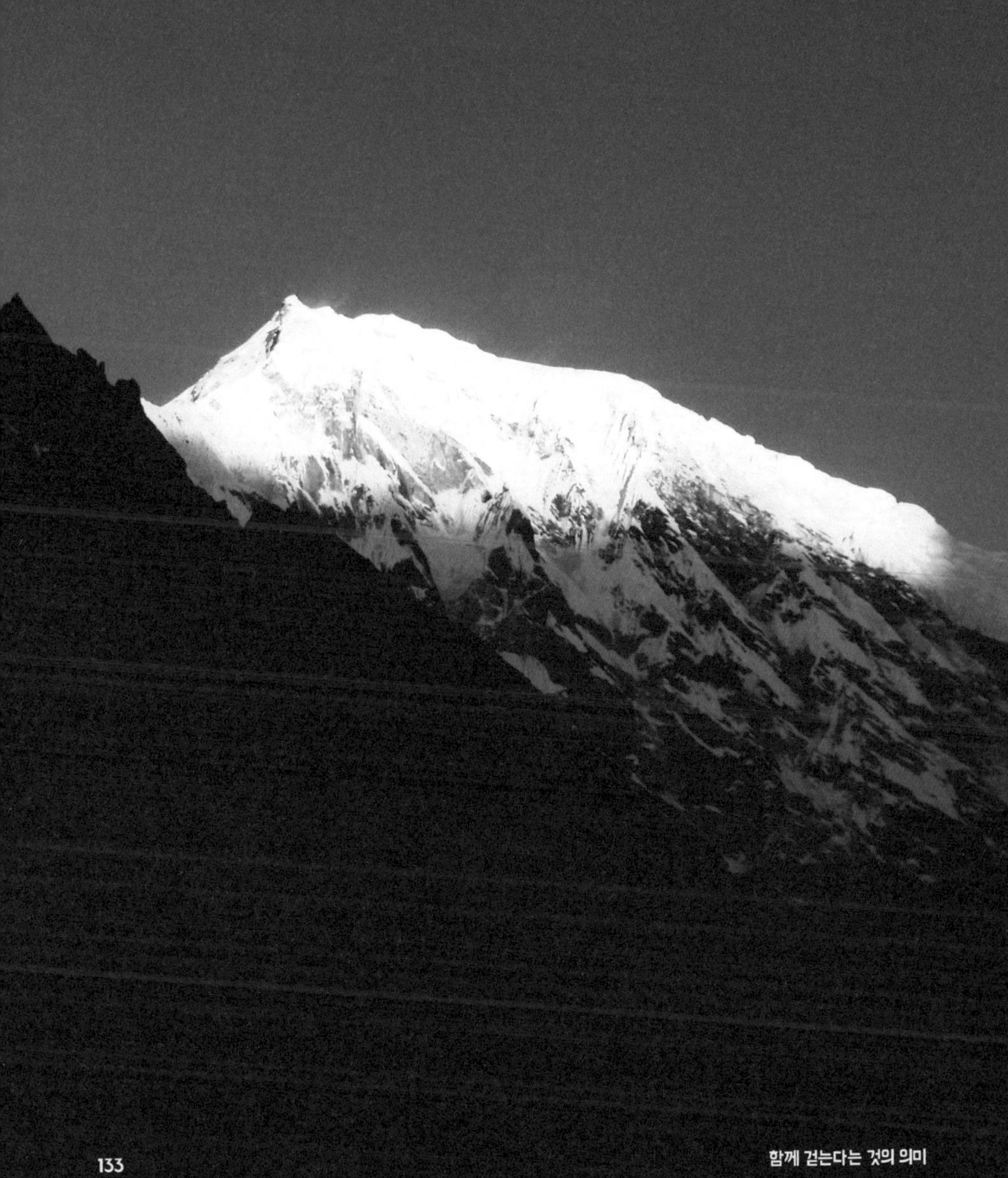

세 번째 달
히말라야 6일 차

말을 달리다

글 / 

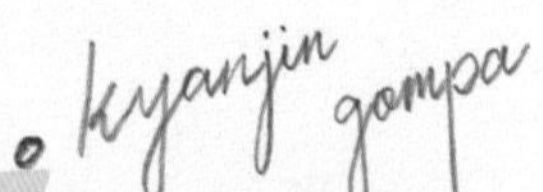

이동 구간
칸진 곰파Kyanjin Gompa(3,870m) →
랑탕마을Langtang Village(3,430m) →
라마호텔Lama Hotel(2,480m)

이동 시간
도보 8시간

"다른 사람들까지 힘들게 하지 말고 말을 타라고!"

나로 인해 일행 모두가 하산을 결정했다. 일행의 속도를 따라가지 못하는 내게 타랄과 은덕이 말을 타라고 권했다. 일행 중 가장 건장한 내게 이런 일이 벌어질 것이라 생각하지 못했다. 몇 차례 거부했지만 은덕이 언성만 높일 뿐이었다. 이 속도로는 오늘 안으로 목적지에 도착하지 못할 것이 뻔했기에 어쩔 수 없이 마부와 말을 찾았다.

말을 타고 산에서 내려오는 일은 굴욕이었다. 고산증은 점점 나아졌지만 내리막 경사가 심한 길에서는 말이 나를 내동댕이쳐서 타박상을 입었다. 그래도 말 위에서 바라보는 세상은 평소보다 아름다웠다. 몸이 온전했다면 낯선 눈높이로 세상을 즐겼겠지만 마음까지 지친 상태였다. 지금은 나를 바라보는 시선이 불편하기만 했다. 말을 타고 하산하는 나를 보는 시선은 대체로 두 가지였다. '어쩌다 말을 탔을까?' 또는 '돈이 많은 사람인가?'

가이드나 포터의 도움 없이 홀로 산을 오르는 사람도 많았는데 나이가 지긋했던 할머니는 고개를 숙이고 걷다가 말을 보고 깜짝 놀라더니 그 위에 앉아 있는 나를 보고 한 번 더 놀랐다. 입을 다물지 못하고 시야에서 사라질 때까지 계속 쳐다봤는데 말을 타고 내려가는 내가 한심해서 죽을 지경이었다. 세상에서 가장 부끄러운 길을 지나왔다.

세 번째 달
히말라야 6일 차

서러운 종착지

글 / 

Lama Hotel

종민의 상태는 점점 나빠지고 윤경 언니와 서하도 상태가 좋지 않았다. 하산을 결정했고 말을 탄 종민과 타랄은 우리보다 앞서 목적지로 향했다. 아무리 걸어도 끝이 나지 않는 길과 사투를 벌였고 우리는 해가 진 뒤에도 한참이나 더 걸어야 했다. 길을 가장 잘 아는 타랄은 종민과 사라졌고 함께 걷고 있는 날린은 큰 도움이 되지 않았다. 깜깜한 어둠 속에서 우리가 의지할 것은 작은 헤드 랜턴뿐이었다.

나는 화가 났다. 종민과 타랄은 대체 어디에 있는 건지, 우리는 왜 이 시간까지 산속을 헤매야 하는지 도통 알 수가 없었다. 발가락에 피멍이 든 서하는 내리막을 걸을 때마다 눈물을 흘렸고 밤새 한숨도 못 잔 윤경 언니도 말이 없었다. 다른 사람은 10명이고 20명이고 단체로 와서 아무런 사건사고 없이 무사히 트레킹을 하는데 우리는 왜 이러는 걸까? 제일 쉬운 코스에 왔지만 4명 중에서 3명이 아프고 1명은 저질 체력으로 하산 중이다.

짙은 어둠 속에서 2시간을 더 걸은 끝에 목적지에 도착했다. 종민을 보자마자 울음이 터졌다. 언니와 서하가 묵는 방에서도 울음소리가 들렸다. 누구에게 이 서러운 마음을 털어놓아야 할지 몰라서 각자 방으로 흩어진 뒤에야 눈물이 나온 것이다. 말을 타고 내려온 종민도 마음이 편치 않았다고 한다. 모두에게 괴로웠던 하루가 눈물 바람과 함께 끝나고 있었다.

세 번째 달
히말라야 7일 차

애증의 관계

글 / 

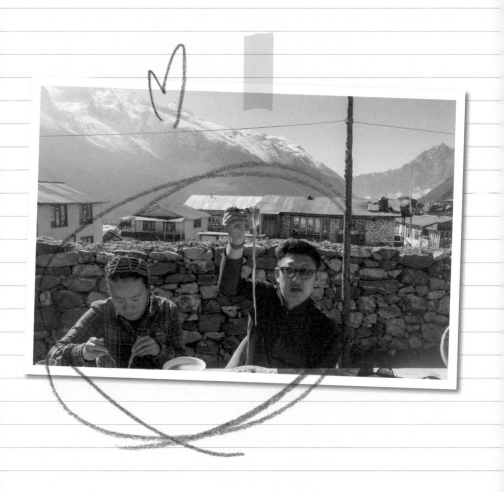

이동 구간
라마호텔 Lama Hotel **(2,480m) →**
사브루베시 Syabrubesi **(1,460m)**

이동 시간
도보 5시간

고도가 낮아지니 다들 입맛이 살아났다. 종민은 토스트 한 조각에, 윤경 언니는 라면 한 그릇에 세상을 다 가진 표정이다. 회복한 종민은 아팠던 상황을 반추하며 서운함을 쏟아내기 시작했다.

"내가 아픈데 너는 잠만 쿨쿨 자더라. 그리고 하산하기로 한 건 너랑 누나지, 내가 아니었다고. 그러니 내 핑계 대지 마."
"아프면 다른 사람 일정에도 피해가 간다는 걸 몰랐어? 고산증 때문에 힘들었던 게 아니고 반팔 입고 자서 저체온증이 온 거잖아. 예방할 수 있었던 일이었고."

하산하는 내내 옥신각신 싸움이 이어졌다. 나는 종민 때문에 모두의 여행에 차질이 생긴 것이라고 말했다. 그는 혼자만 하산해도 될 일이었다며 모두 하산한 것은 자신 탓이 아니라고 항변했다. 말을 타는 것도 자신은 끝까지 거부했고 최종 결정은 내가 했다며 일정이 틀어진 것에 대한 일말의 책임도 없다는 말도 했다. 더욱이 먼저 산장에 도착했던 날, 보온병을 깨뜨려서 생각지도 못했던 지출도 생겼다. 이 사람, 다 나왔다.

사실 이쯤에서 언쟁을 끝낼 수도 있었다. 그저 몸이 아팠을 뿐이니까. 하지만 무슨 일이 생겼을 때 다른 사람을 탓하는 꼴이 보기 싫었다. 아플 때마다 돌봄을 강요하는 듯한 태도도 지긋지긋했다. 나는 종민을 더 몰아붙여서 어떻게든 고해성사를 받아내고 싶었다. 설전은 끝나지 않았고 윤경 언니와 서하는 우리의 심각한 분위기에 멀리 떨어져서 걸었다. 하지만 이렇게 싸운다는 것은 종민이 그만큼 기운을 차렸다는 의미이기도 했다. 어제만 해도 그가 말을 타고 먼저 가는 바람에 혼자서 트레킹을 했다. 그날은 내가 세계여행을 시작하고 종민이 옆에 없던 첫날이었다. 단 하루였지만 종민이 없었던 것이 허전했는지 호텔에서 기다리고 있는 그를 보자마자 눈물이 났다. 야속했지만 반가웠고 그렇게 싸우고 지지고 볶았지만 없는 것보다는 있는 게 좋다는 것을 깨달았다. 내 뒤에 종민이 따라오고 있으면 신이 났고 쫄쫄 거리며 따라오는 종민이 없으면 기운이 빠졌다. 이렇게 싸우면서도 없으면 서운하지만 막상 있으면 또 귀찮다. 애증의 관계, 뭐 그렇달까. 오늘도 내 뒤에 그가 있는지 자꾸만 보게 된다.

세 번째 달
히말라야 8일 차

미완의 아쉬움

글 / 

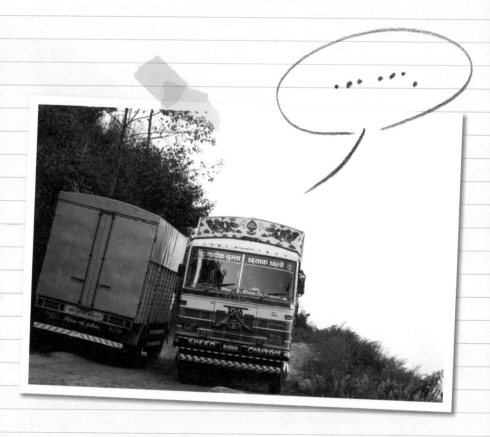

이동 구간

사브루베시 Syabrubesi (1,460m) →

카트만두 Kathmandu (1,400m)

이동 시간

버스 8시간

모두에게 힘겨웠던 시간이 끝나고 드디어 카트만두에 도착했다. 한식당에 들어가 삼겹살을 시켰다. 날린과 타랄이 원하는 메뉴이기도 했고 점심도 못 먹은 채 버스 안에서 롤러코스터를 탔던 우리도 주문하자마자 나오는 음식이 필요했다. 잠이 안 오면 먹으려고 아껴 두었던 위스키도 꺼내서 한 잔씩 돌렸다. 이때다 싶었는지 종민이 타랄의 잔에 술을 따르면서 한마디를 했다. 우리가 모두 생각만 했을 뿐 입 밖에 내지 못했던 그 말을 말이다.

"타랄, 트레킹 중에는 술 마시지 말아요. 이렇게 일정 다 끝나고 마시면 좋잖아요."

타랄이 계속 술을 마시는 것을 두고 우리는 토론을 펼쳤다. 타랄을 고용한 여행사에 이의를 제기할 것인가? 그래도 생계가 걸린 일이니 타랄에게만 따로 말을 할 것인가? 고민은 많았지만 트레킹 중에는 누구도 말을 꺼내지 못했다. 악역을 자진해서 맡아 줄 사람을 기다렸는지도 모르겠다.

종민이 먼저 나서는 스타일이 아닌데 자기 딴에는 먼저 하산한 게 미안했던지 우리를 위해 뭐라도 하고 싶었나 보다. 아무리 생각해도 싫은 소리를 하는 사람이 아닌데 말이다. 타랄이 종민의 말을 듣고 어떤 생각을 했는지 알 수는 없다. 언젠가 우리가 미완으로 끝난 트레킹을 매듭지으러 다시 히말라야를 찾았을 때, 그때는 술에 취한 타랄이 아니라 히말라야 전문 가이드로서 타랄을 만나고 싶다.

세 번째 달
히말라야 8일 차

뒤바뀐 카트만두

글 /

은덕은 절대로 잊을 수 없는 영혼의 도시는 공항에서부터 알아챌 수 있다고 했다. 물론 그 반대의 경우도 있다. 내게는 카트만두가 그랬다. 공항에 도착하는 순간부터 이 도시와는 친해질 수 없을 거라는 강한 느낌이 왔다. 랑탕밸리로 떠나기 전, 일주일 머문 것이 전부지만 매연과 무질서를 체험했다. 트레킹이 끝나고 카트만두로 돌아왔을 때 도시의 모든 것이 그대로였지만 어딘가 모르게 분위기가 달라져 있었다.

"종민, 뭔가 좀 다르지 않아?"
"너도 느꼈어? 살갑고 다정한 도시에 온 것 같아. 뭐가 변한 거지?"

트레킹을 마치고 돌아오니 똑같은 도시였지만 도시를 바라보는 나는 전혀 다른 생각을 하고 있었다. 결국, 도시가 문제가 아니라 내가 문제였다. 최악이라고 생각했던 카트만두였건만 어서 빨리 내일이 와서 곳곳을 둘러보고 싶다는 생각을 하고 있었다. 히말라야의 거대한 풍광이 내 좁은 속을 조금은 넓혀준 것이 아닐까?

어디까지나 주관적이고 편파적인 히말라야 트래킹 정산기

*** 도시 ***

히말라야(네팔) /

Himalayas, Nepal

*** 기간 ***

2014년 11월 17일~11월 24일

(7박 8일)

*** 주거 형태 ***

롯지(산장)

*** 트래킹비 ***

총 711,370원(체류 당시 환율, 1루피=11원 / 숙박비, 가이드비 포함)

* 2인 기준, 항공료 별도

*** 종민** 윤경 누나는 13년 전 카트만두가 곧 허물어질 것 같은 도시였는데 지금은 활기차고 밝은 분위기라서 놀랐다고 했어. 그런데 겨우 생기를 찾은 곳에 지진이라니! 게다가 랑탕밸리가 크게 무너졌다는 소식을 듣고 한동안 아무 말도 할 수 없었어.

*** 은덕** 우리가 할 수 있는 일이 성금을 보내는 것뿐이라는 사실이 안타깝기도 했고. 그들에게 가장 필요한 게 관광객이라는 이야기 들었지? 다시 히말라야에 가야 할 이유를 찾은 게 아닐까?

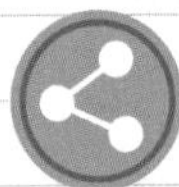

만난 사람: 20명 + α

고산증 때문에 고생한 윤경 언니, 의젓하고 건강한 소녀 서하, 아슬아슬 선을 넘나들었던 가이드 타랄, 묵묵히 우리를 지켜 주었던 날린, 네팔 뽕짝을 쉬지 않고 틀어 주었던 버스 기사, 롯지에서 만난 여행 친구들.

만난 동물: 50마리 + α

염소와 야크, 원숭이 그리고 종민을 살려 준 말.

방문한 곳: 1곳 + α

네팔리들의 소박한 삶의 모습과 아름다운 히말라야 풍경을 보여 준 랑탕밸리.

4

네 번째 달 / 고아

이곳이 고향이라면 참 좋겠네

시시각각 다른 얼굴을 보여 주는 해변의 풍경을 말없이 바라보았다. 우리의 손에는 어른들을 위한 음료수가 들려 있었고 바람은 더할 나위 없이 시원했다. 이거면 충분했다. 행복은 그리 대단한 것이 아님을 다시금 실감했다. 별거 아닌 일에도 환하게 웃어 주는 사람들이 곁에 있으니 저절로 우리가 느끼는 행복을 나누고 싶다는 생각이 들었다. 여행하기 전에는 미처 느끼지 못했던 감정이었다. 무언가를 나누기 위해서는 먼저 마음의 충만함이 필요함을 배웠다.

파키스탄
Pakistan

뉴델리
New Delhi

조드푸르
Jodhpur

인도
India

아라비아 해
Arabian Sea

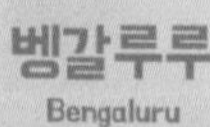

카트만두
Kathmandu

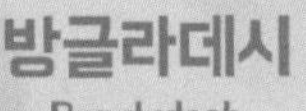

네 번째 달
델리 1

델리의 두 세계

글 / 

트레킹이 끝나고 포카라Pokhara에서 휴식을 취한 후 우리는 인도의 수도, 뉴델리New Delhi로 향하는 비행기에 올랐다. 델리의 여름은 40~50도까지 기온이 올라간다는 소리를 듣고 겁을 먹었는데 우리가 찾은 12월은 한국의 가을처럼 걷기에도 여행하기에도 제법 좋은 날씨였다. 현지인이 바글거리는 식당에서 밥을 먹기도 하고 지칠 때면 밀크셰이크나 라씨 전문점에서 음료를 사 먹었기도 했다.

"거기 현지인들한테 마약상 소굴로 유명하던데 하필 그쪽으로 숙소가 걸렸네."
"뭐 수많은 여행자가 지나간 곳인데 우리에게 별일이야 있겠어."

우리가 묵게 된 숙소는 여행자 거리라 불리는 빠하르간지Paharganj, 뉴델리 역 앞 거리에 있었다. 호텔 경매 사이트에서 꽤 괜찮은 조건의 호텔이 나와서 3성급 호텔을 20달러에 예약했다. 이 사이트는 거래가 성사되기 전까지는 호텔의 이름이나 위치를 알 수 없는데 아니나 다를까 저렴한 숙소가 모여 있는 빠하르간지에 있는 호텔이었다. 3성급 호텔이라고 해 봐야 우리나라의 모텔 수준이지만 인도에서 20달러짜리 숙소에 묵는 것이 우리가 할 수 있는 최대의 사치였다. 끈덕지게 따라오는 델리의 오토 릭샤와 수많은 사기꾼, 들개를 피해서 호텔에 도착했다.

여행자의 거리인가
무법자의 거리인가
INTERNET
SCANING, PRINTING, CD & DVD BURN
IN HOTEL GOLD REGENCY
HOTEL
INTERNET CAFE
LORDS
GUEST
HOUSE

저기,
밀크셰이크를 물고 가는 개
보셨나요?

인도를 여행할 때는 도도한 표정이 필수

빠하르간지는 복잡하고 시끄러웠지만 막다른 골목 안쪽에 있는 호텔은 조용한 편이었다. 방에서도 빵빵 터지는 와이파이와 24시간 나오는 뜨거운 물에 이제 막 네팔을 떠나온 우리는 감동했다. 하지만 다시 거리로 나오면 사정은 달라졌고 빠하르간지에서는 '인디언 시크'가 필요했다. 음식과 과일을 파는 사람, 릭샤 기사, 심지어 지나다니는 개들까지도 여행자의 주머니를 노리고 있다. 호객꾼의 외침에 함부로 눈길을 주어서는 안 된다. 잠깐이라도 눈이 마주치면 끈질기게 따라왔다.

들개도 마찬가지였다. 가능하면 멀리 떨어져서 걸었지만 이 녀석들의 생존 본능이 만만치 않았다. 종민이 벤치에 잠시 밀크셰이크를 내려놓자 어디선가 들개가 나타나 잽싸게 낚아채서 유유히 사라졌다. 한 치의 오차도 없는 민첩한 행동이었다. 딱 한 모금만 빨았던 밀크셰이크를 빼앗긴 종민은 멀어지는 개를 허망하게 바라볼 수밖에 없었다.

빠하르간지를 벗어나면 또 다른 델리를 만날 수 있다.

"종민, 우리가 알던 인도의 풍경은 어디 간 거야?"

델리의 부유층이 모여 사는 도시 남쪽은 거대한 쇼핑몰이 곳곳에 있었다. 우리가 사진과 영상으로만 보던 인도, 델리의 모습은 사라지고 어느 도시나 있을법한 평범한 쇼핑몰이 줄지어 있다. 쇼핑몰 안에는 화려한 성탄절 트리와 세계 각국의 체인 레스토랑, 값비싼 물건의 향연이 펼쳐진다. 쇼핑몰 밖에서는 상상도 할 수 없었던 완전히 다른 세계였다.

델리에서 인터스텔라

하루는 쇼핑몰 안에 있는 극장에서 영화를 봤다. 할리우드와 거리가 먼 이란과 네팔에서 두 달이라는 시간을 보내고 나니 커다란 스크린을 향한 욕망이 간절했다. 287루피. 우리 돈으로 5,000원이 넘는 돈이었고 조금이라도 아껴야 하는 우리에게는 큰 금액이었다. 기왕이면 발리우드 영화를 보고 싶었지만 힌디어로 연기하는 데다 영어 자막도 없다는 사실을 알고 〈인터스텔라Interstellar, 2014〉로 대신했다.

영화관 의자는 앞으로 쑥 당기면 뒤로 젖혀졌고 벨벳으로 마감한 푹신하고 럭셔리한 소파였다. 화려한 의자에 앉아서 광고마다 심의표가 붙어 있는 기괴한 영상을 몇 차례 감상한 후에야 영화가 시작되었다. 영어에 약한 우리로서는 다행스럽게도 자막이 함께 나왔다.

"종민, 할리우드 영화에 왜 영어 자막을 넣었을까?"
"중국에서도 자국에서 만든 모든 프로그램에는 중국어 자막이 따라붙어. 땅덩어리가 넓은 중국은 언어도 다양하고 같은 언어라도 발음이나 억양이 다르기 때문에 자막을 넣는 게 일반적이니까 인도도 그런 게 아닐까?"

공식 언어만 18개인 나라에 온 것이 실감이 났다. 인도의 국토 면적은 세계 7위, 인구는 세계 2위다. 지구 표면의 단 2.4퍼센트를 차지할 뿐이지만 지구 총인구의 17.7퍼센트가 사는 곳이 바로 인도다. 이토록 놀라운 곳에서 앞으로 우리는 어떤 광경을 만나게 될까?

쇼핑몰 문을 열었는데 시공간이 달라졌다

네 번째 달
델리 2

기승전,
인포메이션 센터

글 / 

"온라인으로 신청하고 왔어요."

도착 비자 발급처 앞에서 여권과 비자 신청서를 들이밀며 말했다. 하지만 돌아온 대답은 이 서류가 아니라며 '발급 확인증'을 보여 달랬다. 맙소사! 인도에 무사히 입국하기 위해 출국 항공권과 기차표 예약 서류는 물론 여행 일정까지 출력했지만 가장 중요한 발급 확인증을 출력하지 않았다. 받은 메일이라도 보자고 했지만 인터넷이 먹통이다.

"아니…… 그러니까…… 나흘 전에 온라인으로 신청했고 비자 발급비도 냈어요. 그러니까 이 서류에 적힌 코드 번호로 확인해보면 될 테고…… 그러니까 좀 더 확인해 보면……."
"서류 이리 줘 봐요. 종……민? 백? 당신 이름이 이거에요? 뭐, 신청은 되어 있네요. 사진 좀 찍읍시다."

난 긴장하면 말이 많아진다. 두서없이 떠들었는데 다행히도 별문제 없이 발급할 수 있다는 답이 돌아왔다. 최종 신분 확인을 위한 사진 촬영과 지문 스캔만 마무리하면 끝이다.

"어? 땀이 많은가? 손 좀 닦아요. 지문 인식이 안 되잖아요."

나는 무사히 비자를 받기 위해서 적극 협조하기로 마음먹었다. 열심히 손바닥도 문지르고 스캐너도 닦았다. 그래도 내 지문은 찍히지 않았다. 발급처에는 직원이 예닐곱 명이 있었는데 우리 말고는 민원인이 아무도 없던 터라 하나둘 내 주변으로 몰려들었다.

"왜 안 되지? 이렇게 좀 해 봐요. 다시 찍어 봅시다. 삐, 소리 나면 그때 손을 떼요!"

왼손 지문이 도무지 찍히지 않아서 30분 넘게 씨름하고 있었다. 드문 일은 아니니 고분고분 시키는 대로 하고 있었는데 스캐너를 살피던 양반이 쓸데없는 말을 뱉고 말았다.

"당신 한국 사람이죠? 이 지문 스캐너가 한국산이에요. 영 안 되네요."
"뭐요? 그럼 옆에 다른 스캐너로 찍죠? 그리고 한국 사람은 맞지만 내가 이 기계를 만든 것도 아니고……."

욱하는 내 옆구리를 은덕이 꾹 찔렀다. 은덕은 관공서 안에서 지나치게 얌전하게 구는 반면 나는 관공서에서만큼은 쌈닭이 된다. 여하튼 살짝 혈압이 오른 상태에서 다시 시도하니 지문 인식에 성공했다.

믿어야 하나,
말아야 하나

비자 문제로 한바탕 소란을 피우고 난 뒤, 델리 공항에서 시내로 향하는 버스를 탔다. 달리는 버스 창밖의 풍경은 내 예상과 크게 다르지 않았다. 지저분한 거리, 길을 가득 메운 차와 오토 릭샤 그리고 도로를 점령한 소. 응? 그렇다, 소!

"길 찾아요?"

빠하르간지 입구에 해당하는 쇼핑몰, 코넛 플레이스Connaught Place에 내려서 두리번거릴 때 한 사람이 다가왔다. 수많은 인도 여행기에 등장하는 사기꾼일까 싶어서 경계하니 자신은 기자이며 사기꾼이 아니라고 했다. 지갑 속에 있는 신분증도 살짝 보여줬다. 정말 살짝! 이 사람을 믿어야 할지, 그냥 모른 척해야 할지 선택해야 했다. 시작부터 모든 사람을 경계하면 편견이 생길 수 있다는 믿음과 이미 GPS로 숙소로 가는 길을 파악해 두었으니 사기 칠 기미가 보이면 빠져나오면 된다는 생각에 일단 믿어 보기로 했다.

그는 목적지까지 안내하겠다며 앞장섰다. 200미터 정도 함께 걸으면서 인도는 처음인지, 얼마나 머무를 예정인지 그리고 다음 여행지는 어디인지 같은 흔한 질문을 던졌다. 이란에서도 비슷한 경험을 한 나는 이 모든 것이 환대의 과정이라고 생각했다.

"델리 지도는 있어요? 없다고요! 이런! 정부에서 운영하는 인포메이션 센터에 가면 무료로 받을 수 있는데 왜 안 받았어요! 당장 받으러 가요. 당신 여행에 큰 도움이 될 거예요."
"좋은 정보 고마워요. 하지만 시간이 너무 늦었으니 내일 받을게요."

분명 인포메이션 센터인데
왜 믿음이 안 생기지?

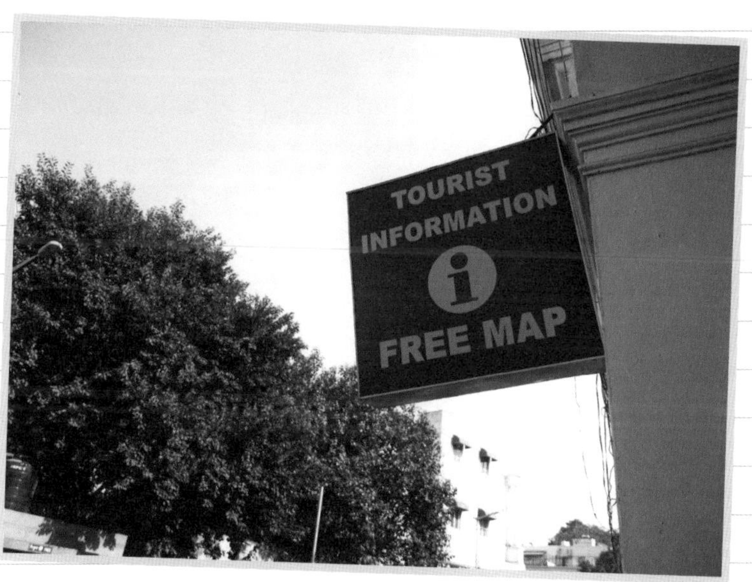

"정부에서 24시간 운영하는 곳이니 시간은 상관없어요. 어서 들어가요. 난 여기서 이만."

그는 인포메이션 센터 앞에 우리를 덩그러니 남겨 두고 떠났다. 스마트폰에 GPS 지도가 있으니 굳이 다른 지도를 받아야 할 이유가 없었다. 하지만 그의 호의가 진심인지 거짓인지 확인하고 싶었다. 혹시 몰라서 은덕을 문 앞에 세워두고 나만 들어가기로 했다. 분위기를 보고 여차하면 뛰어나갈 생각이었다.

"지도받기 전에 우선 앉아서 이야기를 좀 할까요?"
"지도만 주세요. 무슨 이야기를 해요?"
"시간이 걸려요. 우선 앉아요."

자신을 기자라고 소개한 친구의 설명과는 달리 인포메이션 센터는 '사' 자의 냄새가 강하게 풍기는 사무실이었다. 잽싸게 등을 돌렸지만 너무나 친절한 그들의 태도에 어안이 벙벙했다.

"은덕, 그 기자라는 사람을 믿고 싶은데 영 찜찜해. 내일부터는 더 조심해야겠어. 사기꾼들의 패턴도 좀 수집해 볼 필요가 있겠어. 괜찮지?"

사기꾼들의 행동 패턴

둘째 날이 밝았다. 뉴델리 역 외국인 매표소로 기차표를 사러 가는 길이었다. 이번에도 자신을 보험회사 직원이라고 소개한 사람이 호의를 보였다. 이 사람도 사기꾼일까? 기차역으로 가는 길 내내 이런저런 이야기를 나눴지만 특별히 꾼의 냄새가 나지 않았다. 다만, 기차표는 뉴델리 역 뒤편에 있는 인포메이션 센터에서도 살 수 있다며 그쪽으로 안내하겠다고 한다! 우리는 역 안을 구경하고 싶으니 나중에 가겠다고 둘러대며 발걸음을 서둘렀다.

셋째 날이 되었다. 코넛 플레이스에서 인디아 게이트India Gate, 정식 명칭은 All India War Memorial, 1차 세계대전 당시 영국군으로 참전했다가 사망한 약 82,000명의 인도인을 추모하기 위해 만든 위령탑에 가는 길이었다. 그는 횡단보도에 서 있는 내게 멋진 타투를 했다며 관심을 보였다. 자신은 대학생인데 인포메이션 센터에서 나눠 주는 지도를 받았느냐고 물었다. 없다고 답하니 세상에 큰일이 난 것처럼 자신이 안내할 테니 따라오란다. 따라나설 필요도 없이 빠이빠이를 했다.

고아Goa로 가는 기차를 타러 가는 길에서도 우리는 같은 상황에 놓였다. 역으로 가는 오토 릭샤를 찾고 있었다. 그때 말끔한 차림을 한 사람이 다가와서 어디를 가는지 물었다. 그리고는 우리가 가는 곳이 파업으로 운행이 중단된 곳이라며 걱정했다. 그러더니 자신이 운영하는 가게 옆에 인포메이션 센터가 있는데 그곳에서 기차표를 살 수 있다며 따라오란다. 기승전, 인포메이션 센터였다. 이젠 너무나 익숙해져서 파업도 기차표도 역에서 직접 확인하겠다며 거절했다. 이렇게 어설픈 사기가 정말 통하는 것일까 의심스러우면서도 도대체 그들이 말하는 인포메이션 센터라는 곳은 어떤 곳인지 궁금증이 더해졌다.

'택시 기사가 빠하르간지에 폭동이 일어났다며 근처 인포메이션 센터에 확인해 보자 하더라고요.'
'큰 축제가 열려 기차표를 구할 수 없으니 인포메이션 센터에 가서 확인해야 한다고 했어요.'

델리에서 사기꾼을 만난 사람들의 경험담에 공통으로 등장하는 장소가 있었다. 바로 인포메이션 센터다. 택시 기사든, 행인이든 흑심을 품고 있는 사람들은 어떻게 해서든 여행자를 인포메이션 센터로 이끈다. 여행자들은 급한 마음에 기차표를 사고 그곳에서 추천하는 호텔에 묵기도 한다. 나중에 제대로 살펴보면 자신들에게 바가지를 씌우기 위한 속임수였음을 알게 된다.

이란에서는 언제나 대화 끝은 '너를 우리 집에 초대하고 싶다'로 마무리되었는데 인도에서는 왜 모든 대화가 인포메이션 센터로 끝나는 걸까? 스마트폰이 점령한 시대에 여전히 종이 지도로 사람을 꼬이는 델리의 사기꾼이 귀엽다가도 잠깐만 방심해도 속아 버릴 것 같다는 생각도 든다. 혹시 델리의 시민들은 외국인을 보면 무조건 인포메이션 센터로 안내하라는 지령이라도 받은 걸까?

네 번째 달
고아 1

고아가 어떤 곳이냐고 묻는다면

글 / 

연착을 밥 먹듯 하던 기차가 40시간을 달려서 우리를 고아State of Goa, 인도 남서부에 있는 자치주. 오랜 시간 포르투갈의 식민 지배를 받아 기독교 영향을 받은 건축과 독특한 문화가 특징이다.에 내려주었다. 매연과 먼지 가득한 델리와 달리 이곳은 길쭉길쭉한 야자나무와 시원한 바람 그리고 풀 냄새로 가득했다. 기차 여행으로 피곤했던 몸과 낯선 곳에 도착해 긴장한 마음이 단숨에 씻겨 내려갔다.

성수기인 12월과 1월에는 숙소와 물가가 평소보다 10배가량 뛴다는 고아. 호스텔과 민박, 에어비앤비까지 모두 뒤져 보았지만 우리 예산에 맞는 방을 찾기 어려웠다. 어떻게든 되겠지 라는 마음으로 고아에 도착해서 방을 찾을 생각이었다. 그런데 인도에 도착하기 일주일 전, 에어비앤비에 저렴한 숙소가 나타났다. 우리의 예산을 말하자 절반 가까이 할인도 해 주었다.

"미심쩍지만 성수기에 달리 대안이 없잖아. 여차하면 취소하고 나오지 뭐."

숙소와 호스트에 관한 설명은 러시아어 몇 줄이 전부였다. 방 사진은 3장뿐이었고 후기도 없었다. 하지만 선택의 여지가 없었다. 모르짐Morjim. 숙소가 있는 동네의 이름이었다. 호스트인 스웨따Swetta는 우크라이나 태생이었고 자국어는 물론 영어와 러시아어까지 구사했다. 겨울에는 고아에 머물면서 외지 손님, 특히 러시아인을 현지인에게 연결해 주면서 수수료를 받고 있었다. 러시아 여행객이 많은 모르짐에서 스웨따의 활약은 독보적이었다.

고아가
고향이면 좋겠네

더 흥미로웠던 것은 스웨따가 책을 2권이나 낸 작가라는 사실이다. 인도네시아, 태국, 인도 등에서 몇 개월씩 머물며 에어비앤비 중개인으로 일하며 틈틈이 글을 쓰고 있었다. 스웨따는 여행하면서 책을 쓴다는 우리가 자신과 비슷하다고 생각해 선뜻 비용을 할인해 줬다.

탄성이 나올 만큼 멋진 집이었다. 방 하나만 빌리기로 했었는데 스웨따는 주방과 욕실, 베란다까지 모두 갖춘 독채를 제공해 주었다. 고아의 최고 성수기에 우리 돈으로 30만 원만 내고 3주간 묵을 수 있다는 조건만으로도 감지덕진데 말이다. 종민과 나는 얼싸안고 소리를 질렀다.

"여기 정말 끝내준다. 심지어 뜨거운 물도 나와. 내일 스쿠터랑 유심 카드만 사서 바다에 뛰어들면 되겠어. 으하하하하하하하하하하하하하하."
"웅. 우리 일단 망고랑 코코넛부터 사 먹자."

모르짐은 작은 동네다. 인도는 힌두교 국가지만 고아는 포르투갈의 식민지였던 영향으로 기독교 문화로 가득하고 스스로 고안Goan이라 부르는 고아 사람들은 인도 안에서도 별종으로 통한다. 모르짐은 고아 지역 내에서도 개발이 늦은 편이었

야자나무와 풀 냄새가 가득했던 고아의 첫인상

한 달에 30만 원이라서
여기 눌러살까 봐

다. 여행자가 몰리는 해변인 안주나Anjuna나 아람볼Arambol처럼 번쩍거리는 클럽도 없고 레스토랑도 많지 않다. 다만, 러시아인은 많다.

"너희 어디서 왔어?"
"한국."
"여기서 한국 사람 처음 봐."
"동양인을 처음 본 게 아니고?"

마을에 붙은 전단지도 러시아어였고 식당 메뉴판도 러시아어였다. 다른 나라에서 온 여행자는 찾아볼 수가 없었다. 모르짐의 인구 구성은 고아 주민과 여행 온 러시아인, 거기에 아시아에서 온 우리 두 사람이 전부였다. 어딜 가도 튀는 우리의 외모는 매일 드나드는 식당에서도 화젯거리였다. 처음에는 무뚝뚝하더니 3일 연속 같은 식당을 찾아갔더니 직원부터 사장님까지 환한 미소로 맞아 주었다. 우리는 이 식당 음식이 마음에 들었다. 집에서 밥을 해 먹기보다는 매일 식당에서 다른 메뉴를 주문해서 먹는 게 좋았다. 인도 전통음식과 포르투갈 요리가 결합된 고아의 독특한 음식은 우리를 매일 식당으로 이끌었다.

고아에 있는 식당은 인도 전통음식과 별도로 고아 음식을 메뉴판에 분리해 적어 놓았다. 음식에 관한 고아인의 자부심은 대단했다. 해산물이 풍부해서 게와 새우, 생선 요리가 많았고 살짝 매콤해서 우리 입맛에 잘 맞았다. 네팔과 델리에서 먹었던 현지 음식은 입에 맞지 않아 힘들었는데 이곳은 하루 생활비를 모두 음식에 투자해도 아깝지 않았다. 주방장의 손에 경배의 키스를 퍼붓고 싶은 마음이었다.

고아는 식도락뿐 아니라 액티비티의 세계에도 눈을 뜨게 해 준 곳이다. 매일 스쿠터를 타고 해변으로 달려가서 물놀이하고 일광욕을 즐기다가 다시 바다에 뛰

고아의 전통음식은 정말 훌륭합니다!

어드는 한량 생활이 이어졌다. 덕분에 나와 종민은 21개월간의 여행을 통틀어 가장 진한 구릿빛 피부를 갖게 되었다.

"까매지니까 더 잘생겨졌지? 살도 빠져 보이고."

종민은 자신의 몸이 만족스러운지 거울 앞을 떠나지 못한다. 등 떠밀려 배운 서핑에도 재미를 붙였는지 방바닥에 배를 깔고 페더링Feathering, 파도와 속도를 맞추기 위해 서핑보드 위에서 노 젓는 동작 연습을 했다. 고아에서 열심히 서핑을 배워서 롬복Lombok으로 이동하면 나에게 서핑 기술을 전수할 계획이다.

"너 내가 가르쳐 주면 한국어 강습 프리미엄 붙는 거 알지?"
"비싼 돈 들여 서핑 배우게 해 주는데 뭔 소리여? 시끄럿!"

티격태격 싸울 때도 우리는 행복에 젖어 있었다. 시시각각 다른 얼굴을 보여주는 해변의 풍경을 말없이 바라보았고 내 손에는 어른들을 위한 음료가 들려 있다. 이거면 충분하다.

네 번째 달
고아 2

우리는 이상한 동네에 산다

글 / 

"스쿠터 빌려주나요?"

배기량 110cc인 스쿠터의 하루 렌탈 비용은 대략 250~300루피다. 3주 동안 빌릴 테니 싸게 해 달라고 했지만 좀처럼 깎아 주지 않았다. 동네 전체가 담합이라도 했는지 어느 곳이나 같은 가격이었다. 시세를 알아본 것에 만족하고 숙소로 돌아갈 수밖에 없었다. 그날 저녁, 퇴근하고 돌아온 집주인 비릭Brick과 처음 인사를 나누며 저렴하게 스쿠터를 빌릴 수 있는 곳이 있는지 물었다.

"친척 중에 스쿠터 빌려주는 사람이 있어. 3주 동안 5,000루피면 어때?"

역시 막막할 때는 집주인에게 도움을 요청하는 것이 최고다. 잠시 후 내 앞에 검은 스쿠터가 도착했다. 나도 이제 이곳 러시아 형아들처럼 반바지에 상의를 탈의한 채로 해변을 달릴 수 있게 되었다. 내친김에 비릭에게 유심칩 사는 것까지 도와달라 부탁했다.

모르짐의
현대화

'요가를 배우세요.'
'방 빌려드려요.'
'이번 주말 파티 놓치지 마세요!'

유심칩을 사러 가는 길, 모르짐에는 전봇대마다 영어도 힌디어도 아닌 온통 러시아어가 도배되어 있다. 우리 옆집에 머무는 가족도 러시아어를 썼다. 비럭의 도움으로 유심 카드 구매까지 마무리하고 돌아오는 길에 궁금증을 털어놓았다.

"비럭. 아침부터 이 동네에 러시아인이 왜 이렇게 많은지 궁금했어."
"아, 러시아 사람들! 그들이 나타나기 시작했던 건 7년 전부터야. 그때는 며칠 머물다 가는 관광객이었는데 점점 장기 체류자가 늘어나더라고. 그리고 그 러시아 사람들이 논밭이던 모르짐 땅을 서서히 사들이더니 그 위에 집을 짓고 임대업을 시작했어. 1,000만 원을 들여서 집을 짓고 2,000만 원으로 임대하더라. 이 동네에 누가 찾아올까 싶었는데 장사가 잘 되더란 말이지. 그때 우리도 집을 몇 채 더 지었어야 했는데! 5년 전부터는 러시아인이 폭발적으로 늘었고 지금은 성수기가 되면 집이 부족할 지경이야."

"그럼 러시아 사람들은 여기 와서 뭘 하는데?"
"너희처럼 수영하고 고아 음식 먹으며 따뜻한 연말을 보내지. 고아는 주류세가 없어서 술값이 물값만큼 싸. 해변에 있는 클럽에서 밤새도록 술 마시며 놀 수 있어. 그리고 약을 찾아오는 이들도 있고. 고아에서는 오래전부터 바다를 거쳐 밀수하는 일이 흔했는데 고아 경찰에게 뇌물을 주면 단속도 피하고 마음 편히 약을

러시아 스피릿이 느껴지는 조명들

할 수 있다는 소문이 러시아에 돈 거야. 실제로 연말의 흥청망청 분위기 속에서 약을 하러 오는 사람도 많아. 너도 종종 보게 될 거야. 당장 옆집에 있는 러시아 남자도 매일 약에 취해 사는걸."

"그럼 고아 전역을 러시아 사람들이 접수한 거야?"
"그건 아니야. 동네마다 외국인 커뮤니티가 있는데 북쪽의 아람볼은 독일인들이, 여기 모르짐은 러시아 사람들이 그리고 고아 남쪽으로 내려갈수록 북미와 아시아계 여행자들이 많아."
"동네에 러시아 사람들이 많아져서 생기는 문제는 없어?"
"왜 없겠어. 술 먹고 스쿠터 타다가 사고도 나고 수영하다 물에 빠지기도 해. 그리고 러시아 사람들은 다혈질이라 싸움도 자주 나. 땅덩이가 넓은 나라에서 온 사람들이라 사고의 스케일도 다르더라! 하하."

비릭의 이야기를 들은 다음 날부터 술에 취해 있거나 스쿠터에서 떨어지는 사람들이 하나둘 눈에 띄기 시작했다. 대낮부터 피를 흘리고 붕대를 감고 있는 년놈들도 보이기 시작했다.

"은덕, 크리스마스와 연말을 화려한 도시가 아니라 한적한 시골에서 보내려고 했는데 터프한 곳에 와 버렸구나. 조용히 보내기는 힘들겠다!"

네 번째 달
고아 3

티켓보다 아까운 쿠폰

글 / 

지금으로부터 6개월 전, 브라질의 한 호텔에서 사건은 시작되었다. 그때 은덕은 지독한 감기로 쓰러졌고 나는 옆에서 인터넷이나 하면서 시간을 보내고 있었다. 그러다가 고아에서 열리는 일렉트로닉 페스티벌 소식을 접했다.

'유럽에서도, 남미에서도 락 페스티벌에 갔으니까 아시아에도 한 번 가야겠군!'

나로서는 비장한 각오였다. 늘 은덕에게 끌려서 페스티벌에 가다가 혼자서 페스티벌에 가겠다는 결심을 했으니 말이다. 이곳에서 열리는 3일간의 일렉트로닉 페스티벌이 우리가 인도에서도 특별히 고아를 찾아온 이유였다. 고아에 도착했을 때는 12월 초였다. 그때는 창밖에서 들리는 새소리에 눈을 떴고 느지막이 아침 겸 점심을 먹었다. 식사가 끝나면 수영복을 입고 해변으로 가서 서핑하거나 물놀이를 했다. 저녁노을이 질 때까지 바다에서 놀다가 집 앞에 있는 단골 식당에 들러 저녁을 먹었다. 집에 돌아가는 길에 술을 한 병씩 사서 마시다가 잠들면 하루가 갔다.

이때만 해도 이곳에는 사람이 적었다. 매년 12월 20일부터 1월 20일까지는 성수기라는 이유로 10배가량 물가가 뛴다는 사실을 이해할 수 없었다. 여행자도 적었고 숙소도 부족해 보이지 않았기 때문이다. 그러나 성탄절을 한 주 앞두면서 풍문으로만 들었던 그것이 서서히 오고 있음을 느꼈다.

"저 사람 처음 보는 사람인데?"

성탄절을 앞둔 월요일, 동네에 못 보던 얼굴이 하나둘 나타났다. 슈퍼에도 식당에도 해변에도 방금 도착한 티가 나는 상기된 얼굴들로 붐볐다. 그리고 도로 위에 차와 스쿠터가 눈에 띄게 늘었다. 막 서핑에 재미가 붙었던 나는 성탄절 아침에도 10킬로미터나 떨어져 있는 바다에 다녀왔다. 한적했던 교차로가 차로 몸살을 앓았다. 하루아침에 동네가 변해 버렸다. 직원들과 함께 시시껄렁한 농담을 주고받았던 단골 식당도 한참을 기다려야 자리가 생겼다.

폭주하는 모르짐

집에서 멀리 떨어진 클럽에서 쿵쿵거리는 소리가 방에서도 들렸다. 자정이 가까워지자 폭죽까지 가세했다. 클럽에서만 파티가 열리는 것이 아니었다. 성수기에 고아를 찾은 사람들은 방에서도 노래를 틀고 소리를 지르며 파티를 즐겼다. 성탄절 이후 매일 밤 벌어지는 풍경이었다. 평범했던 해변 마을이 광란의 축제 현장으로 변모하고 그 분위기를 찾아서 몰려드는 엄청난 인파로 모르짐은 폭주하고 있었다. 나와 은덕도 일렉트로닉 페스티벌을 보기 위해 여기까지 왔으니 더 말해 무엇하겠는가.

처음 도착했을 때는 이런 동네에서 페스티벌을 열면 누가 올까 싶었다. 완벽한 기우였다. 해변 공터를 거대한 공연장으로 바꾸니 어마어마한 숫자의 사람들이 몰려들었다. 가끔은 소들도 공연장 입구에서 어슬렁거렸다. 사람은 물론 동물까지 고아를 가득 메운 것이다.

나 홀로 페스티벌

"야! 너 뭐 하는 거야!"
"라인업도 별로고 일렉은 재미가 없어."

페스티벌의 둘째 날, 집으로 돌아온 은덕은 팔목에 찬 입장권을 싹둑 잘라냈다. 너무 갑작스러운 행동이라 말릴 틈도 없었다. 은덕은 아직 하루가 더 남기는 했지만 기대했던 것보다 재미가 없으니 내일 또 스쿠터를 타고 왕복 40킬로미터를 달리고 싶지 않다고 했다. 내가 처음으로 직접 골랐던 페스티벌이건만 은덕은 그렇게 단번에 잘라 버렸다. 입장권을 꿰매서 다시 은덕의 팔목에 채웠지만 그녀의 마음은 요지부동이었다.

"그럼 이건 어떻게 할 거야! 돈 아깝잖아."

주머니에는 페스티벌 음료 쿠폰이 4장, 그러니까 400루피의 돈이 남아 있었다. 나에게는 1인당 15만 원짜리 입장권보다 더 아까운 것이 이 쿠폰이었다. 첫날 샀다가 마지막 날에 맥주를 먹기 위해 아껴 두었던 쿠폰이었다. 도저히 아까워서 가만히 있을 수 없었다.

너도 왔니? 혼자 왔니?

"은덕, 안 되겠어. 갔다 와야겠어."
"가서 혼자 놀다 오려고? 재미없잖아."
"아니, 콜라라도 마시고 올게. 입장권은 안 아까운데 쿠폰은 아까워 미치겠어!"

결국, 나는 스쿠터를 타고 한참을 달려 콜라 2잔을 연거푸 마시고 뒤도 돌아보지 않고 집에 왔다. 1인당 15만 원짜리 티켓은 날아갔지만 2,000원짜리 쿠폰 4장을 썼다는 사실에 나는 만족했다. 행복이 달리 있겠는가, 이런 소소한 즐거움이 행복이지!

네 번째 달
고아 4

성탄절,
나누는 기쁨

글 / 

"종민, 카드 사러 가자. 이웃 사람들이랑 식당에서 일하는 친구들에게 주고 싶어."
"뭐라고? 왜 갑자기 그런 마음이 든 거야?"

나답지 않은 태도라며 종민이 많이 놀랐다. 평소에 사람을 먼저 챙기고 살갑게 편지를 쓰는 타입이 아니니 그럴 만도 했다. 연애할 때도 애정이 뚝뚝 묻어나는 연애편지는 그의 몫이었다. 여행하며 맞는 두 번째 성탄절이었다. 지난해, 칠레에서 만난 페트리샤와 그녀의 가족은 성탄절 직전에 도착한 우리를 저녁 식사에 초대하고 선물도 챙겨 주었다. 어쩌면 그들에게 받았던 따뜻한 마음을 누군가에게 베풀고 싶어졌는지도 모르겠다. 처음에는 카드만 쓸 생각이었다. 그날 아침, 식당에 가지 않았다면 말이다.

아침 7시 30분, 모르짐에서 1시간 정도 떨어진 빠나지Panaji, 고아 주의 주도로 시내 구경을 가려고 부산을 떨었다. 도시에서는 출근하는 사람들로 붐비는 시간이지만 고아에서는 상점도 식당도 여행자도 모두 잠에 빠져 있을 시간이었다. 하루에 2번밖에 없다는 버스를 타기 위해 정류장 앞에 있는 단골 식당으로 향했다. 우리의 단골 식당은 창문이 없는 노천 식당으로 지붕과 허리까지 오는 담벼락이 전부였다. 이른 아침의 식당은 북적거리는 손님 대신 10여 명의 직원이 잠을 자는 숙소

이런 데서 자면
안 되는데
PEPSI
KINGFISHER
NDTV GOOD TIMES
Budweiser
KINGFISHER
NDTV GOOD TIMES

로 변해 있었다. 테이블은 한쪽으로 치웠고 직원들은 찬 바닥에 얇은 이불을 깔고 나란히 누워 있었다.

그 사이로 차팔Chapal의 얼굴이 보였다. 네팔 남부가 고향인 차팔은 중식 요리를 책임지고 있는 형을 따라서 이 식당에 오게 되었다고 했다. 영어를 할 줄 알아서 주방이 아니라 홀에서 서빙을 보고 있었다. 타국에서 일하는 것만으로도 외로웠을 텐데 잠잘 곳도 마땅치 않은 상황이었다. 1년 내내 30도를 웃도는 날씨라 바닥에서 잔다고 해도 입 돌아갈 걱정은 없겠지만 그래도 나는 꽤 충격을 받았다. 당장 종민의 동생도 터키에서 일하며 쓸쓸한 연말을 보내고 있을 텐데 터키의 기숙사는 살만할는지.

2배, 3배로 돌아오는 작은 기쁨들

시내에 나가서 카드 대신 초콜릿과 사탕, 과자를 잔뜩 샀다. 그동안 여행하면서 샀던 엽서에 편지를 쓰고 예쁜 봉투에 주전부리를 담았다. 동네 꼬마들과 비릭과 비릭의 가족들, 차팔을 비롯한 단골 식당의 직원에게 선물과 엽서를 전달했다. 별거 아니었는데도 환하게 웃어 주는 사람들이 나는 더 감사했다. 하지만 기쁨은 다음 날에도 계속되었다.

먼저 인사를 해야 겨우 받아 주던 무뚝뚝한 이웃집 러시아 할배는 '너희는 어디서 온 애들이냐'는 인사와 함께 '굿 피플'이라며 칭찬했다. 동네 꼬마는 우리를 졸졸 따라다니며 인사했고 옆집 아줌마도 직접 만든 쿠키와 음식을 나눠 주었다. 차팔은 답례라며 초콜릿을 선물했다.

"종민, 나눔의 삶이 이런 건가 봐. 그동안 모르고 살았는데."
"다행이다. 이제 그 나눔, 나한테도 주면 되겠다."

먼저 나눌 생각을 했던 것은 여행 때문이었다. 내 이웃이 어떻게 살고 있는지 살펴볼 수 있는 여유가 여행하면서 생겼다. 비로소 세상과 이웃에 관심이 생기기 시작한 것 같다. 너무 늦은 관심이 아니기를.

네 번째 달
고아 5

강아지들은 어디로 갔을까

글 / 

잘 참았던 눈물이 한꺼번에 쏟아졌다. 오늘 낮에 있었던 일에 대해 종민과 이야기를 나누는 중이었다. 우리가 매일 물놀이를 즐기던 바다가 있었는데 숙소에서 오토바이를 타고 15분쯤 달려야 나오는 그곳은 흔한 레스토랑이나 클럽 하나 없는 한적한 해변이었다. 바다를 찾는 사람들은 어린아이와 함께 물놀이를 즐기는 가족 단위의 현지인뿐이었다. 사건과 사고는 없을 것만 같던 한적한 바다에 수상안전요원의 작은 사무실이 있었다. 그들은 주인 없이 떠도는 들개에게 밥을 챙겨주었는데 녀석이 두 달 전에 네 마리의 강아지를 출산했다.

지나가는 사람들은 모두 강아지를 귀여워했다. 나는 매일 이곳에 들러 강아지들과 장난을 치거나 음식을 가지고 와서 먹는 것을 지켜봤다. 하루가 다르게 커가는 강아지들의 재롱을 보며 종민과 나는 어린 시절로 돌아간 듯 함께 뒹굴고 깔깔거렸다. 이곳을 들락거린 지 2주가 지났을까? 네 마리 중 한 마리가 보이지 않았다.

"한 마리가 없네요. 어디 갔어요?"

사라진 건 무리 중 가장 귀엽고 힘도 센 녀석이었다. 안전요원은 자신들도 모르겠다며 누가 가져간 거 같다고 했다.

“그 집에서 잘 키워주면 좋을 텐데. 새끼니까 귀엽다고 데려갔다가 나중에 크면 내다 버리는 건 아니겠지?”
“그러게. 정말 키우고 싶었다면 몰래 데려갈 것이 아니라 사람들에게 말했어도 좋았을 텐데.”

강아지의 행방

나는 유기견들이 떠올라서 마음이 영 찝찝했다. 작고 귀엽다며 데려왔지만 마음이 변했다는 이유로 길에 버리는 사람을 숱하게 봤기 때문이다. 강아지들의 수난은 이게 끝이 아니었다. 하루가 다르게 쑥쑥 커가는 만큼 강아지들의 행동반경도 넓어졌다. 안전요원들의 사무실 앞은 해변을 찾아오는 사람들이 오토바이나 자동차를 세우는 곳이기도 했는데 어린 강아지들에게는 위험한 장소였다. 고아를 떠나는 날이 다가왔을 무렵 또 한 마리가 보이지 않았다. 불길한 생각이 떠올랐지만 애써 외면하며 발길을 돌릴 때 저 멀리 이상한 물체가 누워 있는 걸 발견했다.

“한 놈은 저기서 자고 있나 봐. 괜히 걱정했어. 가까이 가 보자.”

가까이 다가갈수록 이상한 기분이 들었다. 평상시에는 한낮의 뜨거운 태양을 피하기 위해서 그늘에서 낮잠을 자던 강아지들이었다. 그런데 직사광선이 내리쬐는 공터 한가운데에 누워 있었다. 평소에 놀던 곳에서도 멀리 떨어진 곳이었다.

바다와 강아지,
정말 평화로운 조합
이었는데

배가 잔뜩 부풀어 오른 강아지 한 마리가 보였고 파리가 꼬여 있었다. 어린 강아지에게 무슨 일이 일어난 것일까? 행동반경이 넓어진 강아지가 어미와 형제가 있는 집까지 무사히 돌아오지 못하고 사고를 당한 것 같았다. 우리는 시선을 얼른 돌렸다.

“요원들은 알고 있을까? 왜 저렇게 방치하고 있는 거지? 가서 말해 줘야 하는 게 아닐까?”

수상요원의 사무실을 찾아갔다. 2시간 전에 벌어진 일이라며 이제 막 치우려던 참이란다. 누군가에게 방망이로 가슴을 두들겨 맞은 것 같았다. 녀석이 누워 있는 장면이 내내 머리에서 떠나질 않았고 잠이 들 무렵 나는 울음을 터뜨렸다. 한참을 종민의 품에서 울고 난 후에 겨우 잠이 들었고 그날 이후, 나는 해변을 더 이상 찾지 않았다.

네 번째 달
고아 6

초보 서퍼 납시오

글 / 

"돈 아까운데…… 그냥 물놀이나 하면 안 돼?"

언제나 그렇듯 뭔가를 배우라는 은덕의 제안이 달갑지 않다. 늘 새로운 것을 탐하는 내 성격을 파악한 이후 그녀의 제안이 순수하지만은 않다는 것을 알았기 때문이다. 본인이 배우고 싶지만 영어로 배우면 이중으로 힘이 드니까 나를 가르쳐 놓은 다음 자신은 한국어로 편히 배우려는 속셈이다. 그야말로 개수작! 은덕은 고아로 여행지가 정했을 때부터 서핑을 배우라고 나에게 강요했다.

난 바닷물에서 하는 놀이에는 흥미가 없다. 바다의 짠맛이 싫어서 락스 냄새가 나더라도 실내 수영장이 더 좋고 파도는 인공 파도면 충분했다. 귀에 바닷물이라도 들어가면 쓰라리고 코에 들어가면 콧물이 질질 나는 것도 싫다. 아무튼 이래저래 바닷물이 싫다. 게다가 판때기에는 영 취미가 없다. 스노보드를 타는 것도 재미가 없었다. 스키 강사로 일하던 동생에게 배우려 했지만 형제간 의만 상했다. 그런데 서핑이라니!

"가서 한번 알아는 보겠지만 기대하지는 마. 내가 싫어하는 것으로 가득한 운동을 배우라니 너도 참 대단하다."

고아의 바다는 개가 주인이라네

투지라는 파도가 내 안에서 밀려온다

그렇게 마지못해 찾은 바다였지만 서퍼들의 모습에 마음이 꿈틀거렸다. 하얗게 부서지는 파도 위에 서 있는 서퍼들의 모습에서 자유로움이 느껴졌다.

'음…… 은덕이 돈 준다는데 한번 해 볼까?'

그렇게 파도를 타기 시작했다. 첫 번째 수업은 서핑 보드 위에서 배를 깔고 엎드려서 균형 잡기였다. 나는 뭐든 금방 배우고 곧잘 따라 하는 사람이라 생각했는데 이건 그렇지 않았다. 아주 간단한 동작도 따라 하기 쉽지 않았고 판때기 위에서 균형을 잡는 데에만 꼬박 하루를 보냈다. 딱 한 번이라도 제대로 서 보고 싶다는 생각이 강렬해졌다.

"내가 지금 서핑에 욕심내는 거야? 맙소사! 내가? 이게 뭐라고……."

다음 수업은 어깨 통증을 선물했다. 내 어깨보다 넓은 보드 위에서 팔을 저어 앞으로 나가는 것은 생각보다 쉽지 않았고 근육이 부족해서 두어 번 팔을 휘젓고 나면 어깨가 빠질 것처럼 아팠다. 그렇게 두어 시간을 물 위에서 허우적거리고 나면 스쿠터의 핸들을 잡는 것도 힘들었다. 간신히 집에 들어가니 은덕이 내게 말했다.

"안색이 왜 그래? 무슨 일 있었어?"

몸 상태가 엉망이어도 집에 오면 보드 위에서 일어나는 동작을 연습했다. 이런 나를 볼 때마다 헛웃음이 나왔다. 수업이 5회차로 접어들었을 때 겨우 작은 파도를 탈 수 있었다. 물론 바닷물을 잔뜩 마셨다. 보드에서 제대로 균형을 잡지 못하면 금방 가라앉았고 뒤에서 파도가 나를 집어삼켰다. 그래도 다시 일어나 파도를 향해 달려갔다. 물에 빠져도 신이 나서 시간을 허비할 수 없었다. 조금이라도 빨리 움직여야 파도를 또 탈 수 있으니 말이다. 집에 가면 누가 시키지 않아도 연습에 몰두했다.

드디어 마지막 수업 날이 다가왔다. 마침 파도가 높은 날이었다. 동네 서퍼들은 오랜만에 찾아온 큰 파도에 신이 나서 몰려왔고 그 사이에서 초보인 나는 수없이 미끄러졌다. 자신감이 조금 붙은 때였는데 강습 첫날로 돌아간 것처럼 제대로 일어나지도 못했다. 그동안 작고 얌전한 파도만 탔던 탓이다. 큰 파도 앞에서 나는 이제 막 걸음마를 뗀 아기나 다름없었다. 마지막 수업을 끝내던 날, 재능이 없다는 생각에 터벅터벅 걸었다. 그때 내 마음을 읽었는지 선생님이 내게 말했다.

"종민, 조급해하지 마. 내가 보기에 넌 분명 발전했어. 파도에 올라야 하는 타이밍도 정확히 알고 있었어. 서핑은 자연과 교감이 중요해. 근데 그건 한순간에 알 수 있는 게 아니야. 천천히 그리고 계속 반복하다 보면 어느 순간 너와 자연이 이야기를 나눌 수 있을 거야. 그때, 자유롭게 파도 위를 달릴 수 있는 거야. 두 달 뒤에 인도네시아에서도 서핑할 거라 했지? 지금처럼만 하면 자연과 하나가 되는 순간이 올 거야. 포기하지 마."

집으로 돌아오는 길, 마음속에서 무언가 꿈틀거렸다. 투지 혹은 오기라고 부르기에는 즐거움이 더 컸다. 인생을 통틀어서 이런 기분은 처음이었다. 짠 냄새가 난다며 쳐다보지도 않으려 했던 파도가 속닥속닥 말을 걸어 오는 것 같았다.

"어때? 나랑 좀 더 친해지고 싶지 않아?"

파도와 내가 한몸이 될 때까지

어디까지나 주관적이고 편파적인 고아 정산기

*** 도시 ***

델리(인도) / Delhi, India

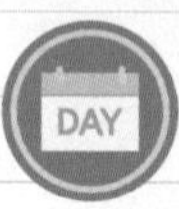

*** 기간 ***

2014년 12월 9일 ~ 12월 13일

(4박 5일)

*** 주거 형태 ***

화이트 클로브 호텔 White Klove Hotel

*** 숙박비 ***

총 88,000원(1박 22,000원)

*** 도시 ***

고아(인도) / Goa, India

*** 기간 ***

2014년 12월 14일 ~ 1월 6일

(23박 24일)

*** 주거 형태 ***

빌라 / 독채

*** 숙박비 ***

총 387,000원 (1박 17,000원)

*** 생활비 ***

총 980,000원

(체류 당시 환율, 1인도 루피 = 18원 / 서핑 강습료 250,000원 포함)

* 2인 기준, 항공료 별도

＊ 종민 고아의 모르짐 지역은 러시아인들의 커뮤니티로 유명한 곳이야. 러시아인이 아니라면 찾아오기 힘든 곳이었지. 다행히 우리를 이해해 주는 호스트를 만나서 성수기였어도 저렴하게 지냈어.

＊ 은덕 러시아인밖에 없어서 처음엔 좀 무서웠잖아. 하지만 싸움에 휘말리지 않고 조용히만 지낸다면 이만한 동네가 없지. 근처에 맛있는 식당뿐 아니라 한적하고 조용한 바다도 있고 해산물을 사 먹을 수 있는 차포라 강Chapora River 도 시장도 오토바이로 10분밖에 걸리지 않으니까.

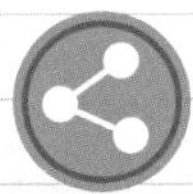

만난 사람: 30명 + α

기승전, 인포메이션 센터로 데려가 준 사기꾼들, 빠하르간지의 호객꾼들, 동병상련의 호스트 스웨따, 집주인 비릭과 그의 가족들, 무서운 러시아 형들, 단골 식당의 차팔, 이웃집 러시아 할배, 한적한 바다의 안전요원들, 서핑 선생님 마일즈.

만난 동물: 2마리

길 어디에서나 만날 수 있는 소님들 그리고 떠올리기만 해도 마음이 아픈 강아지들.

방문한 곳: 6곳 + α

사기인 듯 아닌 듯 인포메이션 센터, 델리의 화려한 영화관, 매일 한 끼를 해결했던 고아의 단골 식당, 모르짐 바닷가, 선물 사러 나갔던 빠나지, 재미는 안드로메다였던 일렉트로닉 페스티벌.

5

다섯 번째 달 / 만달레이

미얀마, 네 속을 보여 줘

석가모니가 언덕에 올라 위대한 도시가 될 것이라 예언했다는 곳, 만달레이. 우리는 곳곳에 사원이 숨어 있고 신발을 벗은 채로 스님에게 인사하는 풍경이 흔했던 이 경건한 도시에 스며들고 싶었다. 그들이 먹는 음식을 먹고 입는 옷을 입으며 가까이 다가갈수록 궁금한 것이 점점 늘어났다. 낡은 오토바이에 몸을 싣고 달리면서 그 어느 때보다 사건 사고가 많았지만 막연하게 이곳을 다시 오게 될 것 같다는 느낌이 들었다. 만달레이는 우리에게 아직 보여 줄 것이 남아 있다고 말하는 것만 같다.

캘커타
Kolkata
쿨나
Khulna
치타공
Chittagong
벵골 만
Bay of Bengal

미얀마

Myanmar

프롬
Prome

양곤
Yangon

모울메인
Mawlamyine

다섯 번째 달
만달레이 1

만달레이의 첫 느낌

글 / 

미얀마에서의 한 달이 시작됐다. 미얀마 또는 버마라고 불리는 이곳은 오랫동안 세상과 단절된 채로 살았다. 사람들은 여전히 대나무로 지은 집에 살면서 여자들은 볼에 천연 선크림인 타나카Thanaka를 바르고, 사내들은 론지Longyi, 미얀마의 전통의상, 폭이 넓은 천으로 치마처럼 입는다.를 입은 채 입안 가득 꽁야Kwun-ya, 빈랑씨에 베틀후추 잎을 말아 씹는 잎담배의 일종. 침과 섞여 뱉었을 때 핏물처럼 보인다.를 씹고 있었다.

양곤에서 10시간 동안 심야버스를 타고 도착한 만달레이Mandalay는 승려의 도시였다. 미얀마 승려의 절반이 만달레이에 머물고 있다는 말이 과언이 아니었다. 도시 곳곳에 사원이 있었고 시장 주변에도 우뚝 솟은 만달레이 언덕Mandalay Hill, 만달레이 시내를 조망할 수 있는 해발 236미터의 언덕에도 사원이 있었다. 석가모니는 만달레이 언덕에 올라 이 도시를 내려다보면서 2500년 뒤에 위대한 도시가 세워질 것이라고 예언했다고 한다. 수많은 불자가 머무르는 도시가 되었으니 그의 예언이 맞았는지도 모르겠다. 아침이 되면, 탁발 나온 승려를 위해 사람들은 조용히 신발을 벗고 공양을 바쳤다.

석가모니가 예언한 위대한 도시, 만달레이

슈퍼 호스트를 만나다

만달레이는 며칠째 비가 내리고 있었다. 호스트인 탈리사Talisa도 1월은 건기라서 비가 오는 날이 거의 없는데 요상하다고 했다. 탈리사는 에어비앤비 호스트 중에서도 슈퍼 호스트라는 딱지가 붙을 만큼 인기가 좋았다. 특히 방문객의 평가가 만점이었는데 2년 동안 에어비앤비를 이용하면서 슈퍼 호스트를 만나는 것은 처음이라 기대가 컸다.

탈리사와 그녀의 남편 롭Rob은 세 자녀를 키우면서 작은 외국인 학교를 운영하고 있었다. 그들은 아침부터 저녁까지 일하느라 자주 볼 수 없었지만 대신 2명의 가사 도우미가 숙소 정리와 빨래까지 도맡아 하면서 빈자리를 채우고 있었다. 5성급 호텔 부럽지 않은 룸서비스에 조식까지 먹을 수 있었는데 탈리사는 만달레이뿐만 아니라 미얀마 전체를 통틀어서 가장 저렴한 비용으로 게스트를 맞고 있었다.

"어릴 때 아이들을 가르치는 부모님을 따라서 영국을 떠나 양곤Yangon에 왔어. 그리고 고향에 가서 탈리사를 만나고 9년 전에 만달레이에 정착했지. 미얀마는 숙소 비용이 비싸서 여행객들은 꺼리는데 나는 미얀마가 너무 좋거든. 많은 여행객이 숙소 비용을 생각하지 않고 미얀마를 즐겼으면 하는 생각에 싼 가격으로 방을 내놓은 거야."

처음에는 탈리사와 롭에 대한 선입견이 있었다. 많은 게스트를 상대해 봤기 때문에 조금은 사무적인 태도를 취할 것이라 생각했다. 하지만 그들과 이 집에서 일하는 모든 사람은 진심으로 만점을 받을 만한 사람들이었다. 탈리사가 함께 영화를 보지 않겠느냐며 방문을 두드린 일이 있었다. 마침 글을 쓰던 중이라 조심스럽게 거절했다. 다음 날, 외출했다가 돌아왔을 때 아침까지만 해도 없었던 책상과 의자가 방 안에 놓여 있었다. 우리가 침대에 쭈그리고 앉아서 노트북을 쓰던 모습을 눈여겨보던 탈리사가 책상을 넣어 준 것이다. 탈리사와 롭의 집에 머무는 동안 세심한 배려는 계속되었다. 그들의 호의를 느끼며 우리는 만약 한국에 돌아가서 에어비앤비 호스트를 하게 되면 탈리사와 롭처럼 저렴한 비용으로 방을 빌려주자고 다짐했다. 우리가 여행하면서 만난 좋은 사람들에게서 받은 호의와 행운을 조금이라도 나누는 방법은 그것뿐일 테니.

다섯 번째 달
만달레이 2

미얀마의 속사정

글 / 

숙소에는 롭과 탈리사가 운영하는 외국인 학교의 선생님이자 동업자인 테온Theon 이 같이 살고 있었다. 증조할아버지 때부터 이 땅에 살고 있는 테온에게 궁금한 것을 물어봤다. 미얀마 정부, 소수민족 문제와 이제 막 밀려들고 있는 자본주의에 대해서.

미얀마의 정치는 어떤가요

"미얀마가 연방제 국가라는 걸 처음 알았어."
"영국의 식민 통치가 끝나면서 버마인은 하나의 국가가 되길 원했지. 그렇지만 샨족Shan people과 카친족Kachin people 은 자신만의 정부를 원했고. 그 주장을 군부 정권이 폭력으로 진압했지. 결국, 내전이 터졌고 끝내 군부 정권이 이겼어. 지금은 싸움을 멈추고 소수민족의 자치권을 허락하는 연방제 국가가 되었지만 지금도 미얀마 정부는 샨족과 카친족 문제를 쉬쉬하고 있어. 일단 외국 여행자를 받아들이기 시작한 거지."

"소수민족은 여전히 민감한 문제구나. 만달레이가 소수민족의 자치정부와 가깝다고 들었는데 우리도 갈 수 있는 거야?"
"제발, 그것만은 참아 줘. 얼마 전 캐나다에서 온 게스트가 만달레이 북쪽에 갔다가 군인한테 잡혔어. 정확히 말하면 샨족의 자치주에 들어갔다가 검문소에서 조사를 받은 거야. 같은 나라지만 주의 경계를 넘으려면 정부의 허가를 받아야 하는데 무작정 오토바이를 타고 달린 거지. 하지만 그보다 더 큰 문제는 3일 동안 혼자서 오토바이를 타고 다니다가 산속에서 고장이 났는데 정비소를 찾을 수 없었던 거야. 간신히 산악도로에서 만난 군인에게 도움을 받았고 기념사진도 찍었지. 그런데 알고 보니 그 군인은 미얀마군이 감시하던 샨족 군대의 간부였어. 허가도 없이 3일이나 샨족 자치구에 있던 것도 이상한데 요주의 인물과 기념사진까지 찍었으니 미얀마군이 가만히 있었겠어? 상황을 설명하려고 나까지 군대에 불려갔어. 가볍게 생각하고 갔는데 갇혀서 심문까지 당했다니까. 영화에서 나오는 조명 하나 달린 어두컴컴한 방에서 일주일이나 있었다고!"

부자가 되고 싶다면
입은 굳게 다물라

"미얀마에서 사는 건 어때? 사업하기에 괜찮은 나라니?"
"이곳의 삶은 단순해. 세금을 안 낼 수 있는 방법이 많으니까 돈 모으기도 쉽지. 하지만 부자라는 걸 티 내면 안 돼. 너무 좋은 차를 타고 다니면 그때부터 정부의 관심을 받게 될 거야. 미얀마 사람들이 차 살 때 어떻게 하는 줄 알아? 모두 현금으로 준비한 뒤에 쌀 포대에 담아서 딜러 앞에 내려놓는다고. 현금으로 사면 내가 얼마짜리 차를 샀는지 정부에서 알 수가 없으니까 세금을 매기지도 못하거든. 길 가다가 헝클어진 머리에 쪼리를 신은 사람을 봐도 거렁뱅이인지 부자인지 겉 모습만으로는 구분할 수 없는 거야."

"10년 전 나도 중국에서 그런 사람들 봤어. 헝클어진 머리에 지저분한 옷을 입었는데 호텔에서 나와서 외제 차 문을 여는 중국 뚱보 아저씨들."

"미얀마 사람은 은행에 가지 않아. 물론 계좌는 있지. 나도 3개나 있는 걸. 다만 그 계좌는 세금을 낼 때만 사용하고 나머지는 무조건 현금으로 보관해. 우리 할아버지도 집에 금고가 따로 있어. 미국 달러하고 미얀마 짯Kyat하고 구분해서 무조건 현금으로!"

"인도인하고 중국인이 미얀마에 부동산 투자를 많이 한다고 들었어."

"외국인이 미얀마에 투자하는 방법은 두 가지야. 지분을 나눠 가진 현지인 파트너가 있든가 아니면 미얀마 정부와 합작해야지. 외국인은 자기 이름으로 땅을 살 수 없어. 집을 빌릴 수는 있지만 매매는 안 돼."

"개방 초기의 중국과 비슷하네. 미얀마도 꽌시关系라고 부르는 은밀한 거래가 있어?"

"우리는 책상 밑의 거래under the table라고 불러. 종종 선물도 돌리고 뇌물도 챙겨 줘야 일이 수월해지는 거야. 가끔 대놓고 물어보기도 해. 이번에는 얼마가 필요해? 이렇게."

붉은 입술의 정체

시내로 가는 버스에서 요금을 걷던 차장이 입안에서 질겅거리던 것을 침과 함께 뱉는 것을 여러 번 봤다. 버스 차장은 동네에서 노는 형들이 주로 하는 일인 건가 싶었다. 게다가 군데군데 치아가 썩었고 입 주변은 빨갛게 물들어 있었다. 이상한 것은 또 있었다. 나뭇잎을 말고 있는 노점상이 골목마다 있었다. 깻잎처럼 생긴 것을 깔고 하얀색 액체를 바르더니 그 위에 갖가지 가루를 뿌리고 땅콩 혹은

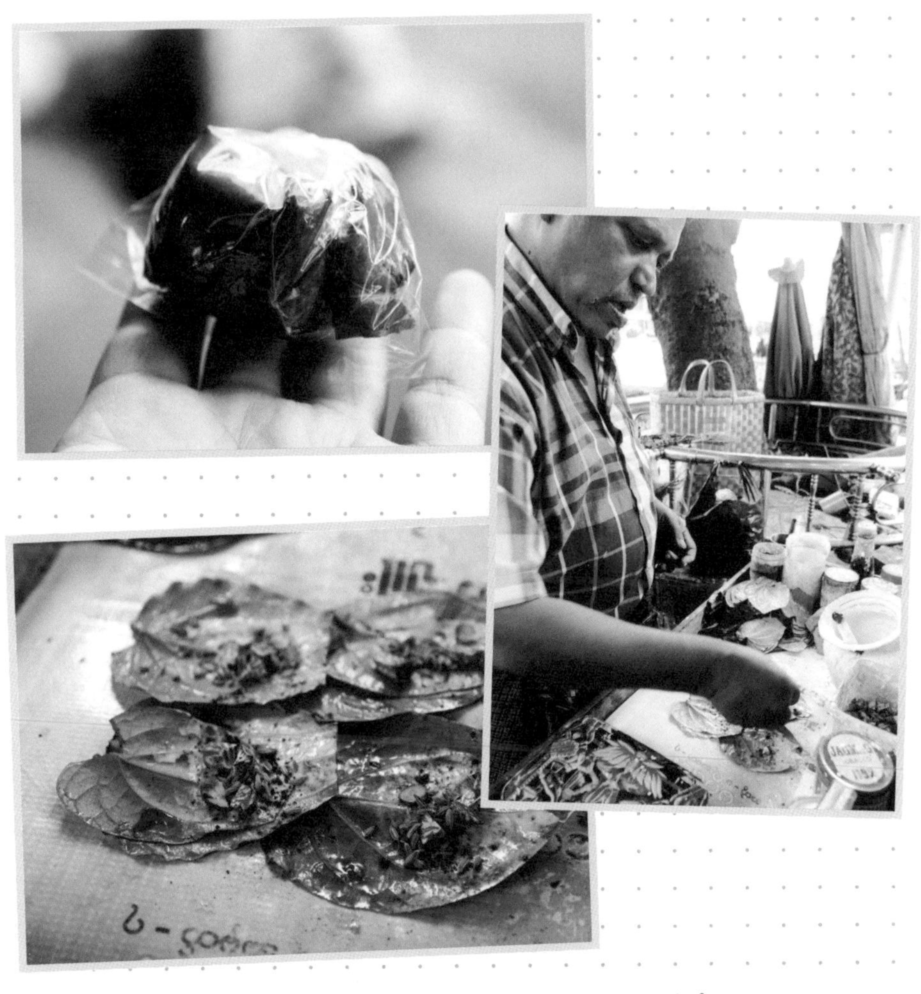

많이 씹으면 해로워요

아몬드처럼 보이는 덩어리를 올렸다. 그렇게 완성된 그것은 돌돌 말려서 작은 비닐 봉투에 담겼는데 완성되기가 무섭게 사람들이 돈을 주고 사 갔다. 한참을 지켜보다가 주인장에게 호기심을 이기지 못하고 물었다. 영어를 모르는 주인장과 미얀마어를 모르는 나는 간신히 몸의 언어로만 이야기를 나눌 수 있었고 정체 모를 그것이 씹는 것이라는 것까지만 알아낼 수 있었다.

"은덕, 무슨 맛인지 먹어 볼래! 돈 좀 줘."

강한 약초 맛이 났는데 한두 번 씹자 삼킬 수도 뱉을 수도 없었다. 불현듯 버스 차장의 입 놀림이 생각났는데 내가 군것질거리인 줄 알고 샀던 것은 꽁야라고 부르는 잎담배였다. 몇 번 씹었을 뿐이었는데 입안 가득 빨갛게 변했고 불쾌함이 남았다. 이곳 남자들의 치아 상태가 좋지 않고 핏물 같은 침을 뱉는 이유가 바로 이 꽁야 때문이었다.

"꽁야는 치아도 상하게 하고 입도 빨갛게 만들지. 중독성이 강해서 한번 시작하면 끊기가 힘들어."
"태국에서는 꽁야를 법으로 막는다고 들었는데 미얀마는 안 그런가 봐?"
"미얀마 정부가 꽁야를 금지하지 못하는 것은 이곳 사람들이 너무나 간절히 원하기 때문이야. 트럭 기사들은 하나같이 꽁야를 씹는데 야간 운전을 할 때 피로와 졸음을 막아 주거든. 그리고 담배보다 가격이 싸기도 하고. 롭의 부모님이 20년 전에 처음 미얀마에 왔을 때는 이 나라 사람들 대부분이 거부감 없이 꽁야를 씹었는데 피보다 진한 빨간색 물을 뱉는 걸 보고 사람들이 피를 뱉고 있다며 기겁을 했대. 너도 봐서 알겠지만 처음에는 놀랄만하잖아?"

테온과 이야기를 나누면서 미얀마에 대해 많은 것을 알게 되었다. 그리고 미얀마를 직접 체험하고 싶어서 론지도 입었고 타나카도 얼굴에 발라봤다. 좀비처럼 빨간 침을 뱉던 버스 차장을 만나도 놀라지 않았고 꽁야의 불쾌하면서 중독성 있는 맛도 느껴봤다. 하지만 여전히 미얀마에 대해서는 궁금한 것이 더 많았다. 낡은 오토바이를 타고 현지인의 생생한 삶이 있는 곳으로 들어가고 싶었다.

다섯 번째 달
만달레이 3

구치소의 문턱에서

글 / 

지난달, 인도 고아에서 처음 탔던 스쿠터. 질주본능까지는 아니지만 편리하다는 걸 알고 나니 이 녀석부터 찾게 된다. 이번에는 일명 '씨티100'이라 불리는 무단 변속 100cc 모델을 골랐다. 나와 은덕은 평소처럼 시내를 달리던 중이었다. 탁발하러 나온 스님과 공양하는 사람들 사이에서 얌전히 참선이나 할 생각이었다.

"오토바이 등록증과 운전면허증 주세요."
"여기 등록증이요. 그런데 운전면허증은 집에 있어요."

우리는 경찰의 검문에 걸렸다. 미얀마에서 오토바이를 탈 때는 등록증과 운전면허증을 소지하고 있어야 했는데 하필 면허증을 챙기지 않은 날 경찰을 만난 것이다.

"호텔 이름하고 주소를 말해요"
"친구 집에서 지내고 있어요. 여기 그 친구 전화번호도 있고요."

경찰은 면허증이 없다는 우리를 다그치기 시작했다. 에어비앤비를 이용하고 있어서 호텔 주소가 없다는 것도 문제가 되었다. 미얀마에서 외국인은 정부의 허가

어서 면허증을 가지고 오겠습니다

를 받은 업소에서만 머물러야 하는데 탈리사와 롭의 에어비앤비 숙소는 등록되지 않은 곳이었다. 하지만 이때만 해도 무슨 큰일이야 있겠나 싶었다. 인도를 여행하면서 설렁설렁한 경찰을 두루 만났던 탓에 나는 일을 키우고 있었다.

사진이 뭐길래

"은덕, 사진 하나만 찍어 줘."

은덕에게 내가 경찰을 상대하는 모습을 몰래 찍으라고 했다. 지금 이 순간도 기록으로 남겨 두면 쓸모가 있을 거라는 생각에 무리수를 둔 것이다. 게다가 은덕이 눈치껏 행동하는 사람이 아니라는 것도 깜빡하고 말았다. 은덕은 대놓고 사진을 찍었고 경찰은 이를 놓치지 않았다.

"잠깐만 전화기 이리 주세요."
"네? 저……저기……."
"이 사진 뭐죠? 당신들 경찰서로 갑시다."

은덕이 사진 찍는 걸 들켰다. 면허증이 없는 것은 벌금으로 해결될 문제지만 도촬은 다른 문제였다. 미얀마 정부는 실제로 방송 관련 종사자나 기자 신분이라면 입국을 까다롭게 관리하고 현재는 다른 직업이라고 해도 과거 관련 분야에 일한 경력이 있으면 입국을 허락하지 않는 곳이다. 그만큼 외부의 시선에 민감한 나라인데 사진을, 그것도 경찰의 얼굴을 찍은 것이다. 은덕에게 사진을 찍으라고 한 내가 바보였다.

"그냥 한 장 찍은 거예요. 다른 의도는 없었어요."
"통역이 필요하니 당신 친구라는 사람을 불러와요! 전화기는 압수합니다!"

하는 수 없이 테온에게 전화를 했다. 테온은 오늘 벌어질 일을 예견이라도 한 걸까? 마침 집을 나서는 나에게 자신의 번호를 주고 문제가 생기면 전화하라는 당부까지 했다. 머릿속에 수많은 생각이 오갔고 어떻게 이 난국을 벗어나야 할지 고민했다. 얼마 후 테온이 나타났다. 검은 옷에 검은 선글라스, 육중한 600cc 오토바이를 타고서 말이다. 오토바이에서 내리는 그의 모습은 어린 시절 드라마에서 봤던 레니게이드1992년부터 1997년까지 방영된 미국 드라마의 주인공. 살인 누명을 쓴 뒤 오토바이를 타고 도망 다니는 전직 경찰관으로 등장한다.의 모습, 그대로였다.

테온이 경찰과 몇 마디 나누니 상황은 금방 정리되었다. 우리는 혹시나 트집이 잡힐까 봐 몇 번이나 째즈땜바데미얀마어로 '고맙습니다'란 뜻를 연발했다. 솔직히 고마운 것도 없었는데 말이다.

"난처하게 만들어 미안해."
"면허증이 없는 건 큰 문제가 아니었는데 사진 때문에 복잡해졌어. 경찰을 몰래 찍었으니 너희 신분이 의심스러웠고 경찰서로 데리고 가서 신원 조회하려고 했다더군. 이들은 여행자라 호기심이 많다고 둘러댔지만 당분간 이 길은 지나지 말도록 해. 또 만나면 어떤 꼬투리를 잡힐지 모르니까."

테온의 뒤를 따라 집으로 돌아온 뒤, 민망한 마음에 농담을 던졌다.

"지금껏 우리 같이 난감한 상황을 만든 게스트는 없었지?"
"흔하진 않지만 없는 일도 아니니까 신경 쓰지 마. 지난번에 말했던 캐나다인은 오토바이 타고 군사 지역까지 갔었어. 그 친구에 비하면 너희는 일도 아니야."

집에 도착해서 오토바이를 살피니 열쇠가 사라졌다는 것을 발견했다. 울퉁불퉁한 도로를 달리다가 열쇠가 빠졌는데 그것도 모르고 신나게 달린 것이다. 그렇다면 그동안 우리는 열쇠가 없어도 잘 달리는 오토바이를 타고 만달레이를 누볐다는 말인가! 순간 머리가 아찔해졌다. 만달레이는 평온할 것만 같은 도시였다. 그러나 무시할 수 없는 사고가 자꾸만 일어날 조짐이 보였다.

저 사람도 검사해요!
저 사람도!

다섯 번째 달
만달레이 4

주머니와 부조리

글 / 

사진을 찍으라고 한 것은 종민이었지만 그가 아니었어도 나는 사진을 찍었을 것이다. 우리는 이럴 때 이심전심, 부창부수인 사람들이니까. 구치소에 갈 뻔한 상황에 놀라 마음을 진정시킬 겸 잠시 집에 들렀다. 시간이 흐르고 나니 다시 밖으로 나가고 싶어졌다.

큰일을 한 번 치렀으니 별다른 일이 없을 거라 생각했다. 결국, 우리는 얌전히 집에 있지 못하고 점심을 먹으러 시내로 또 기어나갔다. 열쇠가 없어도 씽씽 잘 달리는 문제의 오토바이를 타고 말이다. 우리를 검문했던 경찰관을 피하려고 빙빙 돌아서 다른 길로 갔는데 그곳에 있는 다른 경찰관이 또 우리를 불러 세웠다.

"아뿔싸, 오늘 뭔 일이래? 이번에는 면허증을 챙겨 나왔으니 망정이지 테온을 또 부를 뻔했네. 하하하."

침착하게 마음을 다잡고 경찰을 바라봤다. 우린 당당했다.

왜 우리만 자꾸 잡나요!

미얀마 경찰에게
인기 폭발 중

"여기는 일방통행입니다. 돈 좀 주시죠?"

뭣이라? 일방통행? 어디에 그런 표시가 있다고 돈을 내라는 거지? 허탈한 웃음이 먼저 나왔다. 벌금을 내라면 내면 그만이고 못 내서 추방한다면 추방당하리라 마음먹었다.

"그래서 벌금이 얼마인데요?"

손가락 3개를 들어 올리며 '쓰리'를 외치기에 까짓 3,000짯한화 3,000원 정도쯤이야 하고 지갑에서 돈을 꺼냈다.

"아니, 아니. 3만 짯."
"뭐라고요? 3만 짯이요?"
"맞아. 3만 짯. 어때?"

'어때'라는 말이 귓구멍에 콕 걸렸다. 마치 흥정하는 듯한 말투였다. 벌금이란 것이 원래 법으로 정해져 있으면 그것만 받으면 될 일인데 말이다. 혹시 외국인이라는 이유로 돈을 뜯어내려는 작자는 아닐까? 스멀스멀 올라오는 의심을 밖으로 꺼내서 정면승부를 보고 싶었지만 그럴 수 없었다. 우리 때문에 또다시 테온을 곤경에 빠뜨릴 수는 없으니까 말이다. 그것도 하루에 두 번씩이나. 우리가 계속 따지면 괘씸죄에 걸려서 테온에게도 악영향을 줄 수 있었다. 그렇다면 협상이 필요했다. 돈을 주긴 주되 최대한 적게 주는 거다!

우리의 지갑에는 10달러와 5,000짯이 있었다. 종민은 이 돈을 모두 꺼내면서 이것밖에 없다고 우는소리를 했다. 돈이 별로 없다는 사실에 나는 안심했고 경찰은 아쉬워하는 눈빛이 역력했다.

"할 수 없지. 내가 특별히 깎아 주는 거요. 그것만 주시오."

10달러와 5,000짯을 경찰에게 주면서 종민은 크게 한숨을 쉬며 말했다.

"그런데 경찰관님, 무슨 날인가요? 저를 붙잡는 경찰관이 너무 많아요. 오늘만 경찰관을 셋이나 만났고 그래서 제가 지금 돈이 그것밖에 없는 거예요. 이제 밥도 못 먹고 기름도 없어서 오토바이를 끌고 집까지 가야 해요. 어떡하죠?"
"그게 정말이야?"

종민은 엄살을 피웠다. 밑져야 본전인 상황이었으니까 말이다. 그런데 놀랍게도 경찰이 측은한 얼굴로 5,000짯을 돌려주었다. 우리가 그렇게 불쌍해 보였나? 아무리 그래도 그렇지 벌금을 돌려주는 경찰이 세상 어디에 있단 말인가. 종민은 한술 더 떠서 경찰에게 고맙다며 허리를 굽혀 인사했다. 오토바이를 끌면서 그 자리를 벗어난 우리는 한참을 마주 보고 웃었다.

"종민, 방금 무슨 일이 일어났던 거야?"
"짜잔. 이거 봐라. 우리 이제 점심 먹을 수 있어."

지갑 안에는 아까 경찰에게 돌려받은 5,000짯과 함께 종민이 꽁꽁 숨겼던 1만 짯이 있었다. 꼼수에 능한 종민이 비상금을 사수했던 것이다. 기특한 녀석이다. 점심을 먹고 우리는 여행자 센터를 찾았다. 우리에게 벌어진 일의 내막을 알고 싶었다. 일방통행을 위반했을 때 정당한 벌금이 얼마인지도 궁금했다.

"일방통행 위반으로 벌금을 냈다고요? 음…… 저는 그런 적이 없어서 벌금이 얼마인지 모르겠어요."

우리는 좀 더 확실한 답변을 듣고 싶었다. 경찰서를 찾아갈까 생각도 했지만 괜히 다른 일에 연루될 것 같아서 포기했다. 마침 숙소 앞에 운전면허 학원이 있었다. 그곳이라면 도로교통법에 대해 잘 알 테니 사무실에 들어가서 사정을 설명했다. 학원의 모든 직원이 우리를 둘러싸기 시작했다. 외국인 부부가 갑자기 찾아와서 일방통행에 관한 법률과 벌금을 묻는 것이 신기했던 모양이다. 한참을 토론하더니 갑자기 직원 중 한 사람이 전화기를 들었다.

뜻밖의 반전

"아니, 지금 어디에 전화하시는 거예요?"
"제가 아는 경찰관이 있어요. 어찌 된 일인지 그 사람이 오면 해결해 줄 거예요."
"아뇨, 아뇨. 저희는 그냥 궁금해서 왔어요. 일을 크게 만들고 싶지 않아요. 제발 그냥 벌금만 알려 주세요."

정의로운 운전학원 직원들은 경찰관을 불러서 해결해 주려고 했다. 그렇지만 우리가 원하는 것은 그냥 벌금의 정확한 액수뿐이었다.

"어디서 그랬다고 했죠?"
"다이아몬드 플라자 근처요. 33번 스트리트였어요."
"음, 거기는 일방통행 맞아요. 표시가 있는데 아마 못 봤을 거예요."

"그럼 벌금은 얼마죠?"
"5만 짯이던가?"
"헉! 정말이요? 한 달 월급이 5만~10만 짯이라고 들었는데 벌금이 그렇게 세요?"

그러니까 우리는 벌금을 할인받은 셈이었다. 정식으로 고지서를 발급하려면 서류 접수 과정이 복잡해지니 현장에서 경찰관이 적정한 선에서 처리하려 했던 것이다. 물론 우리가 냈던 벌금은 경찰의 뒷주머니로 들어갔겠지만 말이다. 이날 저녁, 우리가 겪었던 일을 롭에게 말했더니 10달러라면 벌금으로 나쁘지 않다고 했다. 벌금이 워낙 비싸서 적당히 무마시키는 일이 많은 모양이었다. 양심을 따르자니 어마어마한 벌금이 무섭고 적은 돈으로 현실과 타협하자니 부조리한 사회 구조에 일조하는 셈이니 양심이 울었다. 아, 대체 어찌해야 합니까!

다섯 번째 달
만달레이 5

타나카 공장을 견학하다

글 / 

"오늘 특별한 계획 있어? 없으면 우리 할아버지 공장에 가자."

아침을 먹고 있는 우리에게 테온이 말을 걸었다. 할아버지의 공장이 양곤과 만달레이에 하나씩 있는데 마침 할아버지가 만달레이에 있으니 구경을 가자는 거였다. 테온의 할아버지는 화장품 회사의 사장이었고 그의 아버지는 호텔 경영과 무역업을 겸하고 있는 사장이었다. 테온은 아마도 미얀마의 재벌 3세 정도 되는 게 아닐까?

차를 타고 30분 정도 달려서 만달레이 외곽에 있는 화장품 공장에 들어갔다. 공장에서는 미얀마의 전통 선크림인 타나카 가루를 현대식으로 가공해서 상품으로 만들고 있었다. 미얀마 사람들은 보통 타나카 나무를 돌에 비비서 고운 가루로 만들고 물을 섞어서 사용했는데 얼굴은 물론 몸까지 발랐다. 나와 종민은 가루를 내는 일이 쉽지 않아서 몇 번 쓰다 말았다. 그런데 이렇게 화장품으로 개발해 대량 생산하다니 테온의 할아버지는 사업 수완이 상당한 모양이다.

모두가 장인이었던 타나카 화장품 공장

학자가 사업을 하면 생기는 일들

200여 명의 직원이 근무하는 공장이지만 최신식 기계는 없었다. 대신 오래된 기계 사이로 사람들이 직접 움직이면서 재료를 다듬고 비벼서 화장품을 만들고 있었다. 직원 한 사람, 한 사람이 가내수공업으로 다져진 장인의 스멜을 풍겼다.

"나무 전체를 베어버리면 다시 자라는 데 시간이 오래 걸리지만 자외선 차단 효과가 있는 껍질 부분만 벗기면 나무도 상하지 않고 만드는 데 시간도 오래 걸리지 않아. 시장에서 파는 타나카 나무는 금방 곰팡이가 생겨서 오랫동안 연구하다가 화장품으로 만든 거야."

테온의 할아버지는 키가 180센티미터를 훌쩍 넘는 장신이었고 마른 몸매에 하얀 면바지와 셔츠를 단정히 입고 있었다. 옷에 화장품 얼룩이 묻어 있지 않았다면 학자로 오해했을 것이다. 그런데 나의 이런 추측은 어느 정도 맞아 떨어졌다.

"처음에는 수의학을 공부했어. 그다음은 법률을 배워서 변호사 자격증을 땄지. 또 기계공학에 흥미가 생겼고 화장품은 농업을 공부하면서 시작했어."

실제로 테온의 할아버지는 공장을 운영하는 사장이 아니라 과학자에 더 가까웠다. 할아버지가 일하는 사무실은 반짝반짝 윤이 나는 책상 대신 비커와 각종 약품, 현미경이 있었다.

할아버지는 미얀마에서 좀처럼 만날 수 없는 부류의 사람이었다. 중국계 미얀마인이었지만 집 안에서는 영어만 사용하도록 지시한 것도 테온의 할아버지였다. 덕분에 테온은 영어와 중국어, 미얀마어를 자유롭게 구사했다.

"은덕, 부모가 자식에게 해 줄 수 있는 가장 값진 선물은 언어가 아닐까 싶어."

세계를 여행하면서 우리는 다양한 언어를 구사하는 친구들을 만났다. 세비야Seville에서 만난 마농Manon은 아빠가 스페인, 엄마가 프랑스 사람이었고 어릴 때 영국에서 공부했다. 그녀는 자연스럽게 프랑스어, 스페인어, 영어를 습득했고 지구 어디에서나 살 수 있는 사람이 되었다. 마농의 부모님은 그녀에게 언어를 선물한 것이다. 탈리사와 롭의 아이들을 보면서도 같은 생각을 했다. 탈리사와 롭의 아이들은 영어와 미얀마어는 기본이고 마음만 먹는다면 조부모가 사용하는 언어까지 배울 수 있을 것이다.

이곳이 바로 꿈의 직장

할아버지는 직원을 대하는 방식도 남달랐다.

"직원들에게 의료보험을 제공하고 있어. 그들의 부모님까지도 혜택을 받을 수 있는데 미얀마에서는 매우 드문 일이지. 그리고 미얀마의 평균 임금보다 20퍼센트 정도 많이 주고 회사 수익이 목표량을 넘기면 초과 수익은 모두 직원 복지에 사용해. 그래서 우리 회사에는 장기 근속자가 많아. 저기 있는 매니저는 나와 30년 동안 일했어."

할아버지는 어렸을 때부터 다양한 나라를 여행했다고 한다. 우리가 세계여행 중이라고 말하니 '훌륭한 결단'이라며 격려해 주었다. 견학을 마치고 떠나는 우리에게 할아버지는 타나카를 꼭 써 보라며 화장품 세트를 선물로 주셨고 찻잎으로

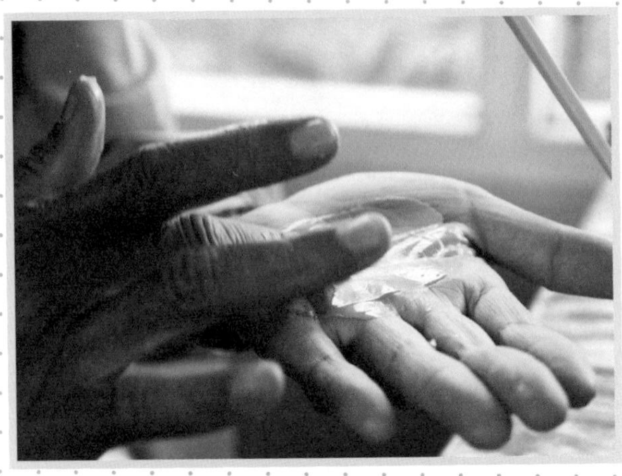

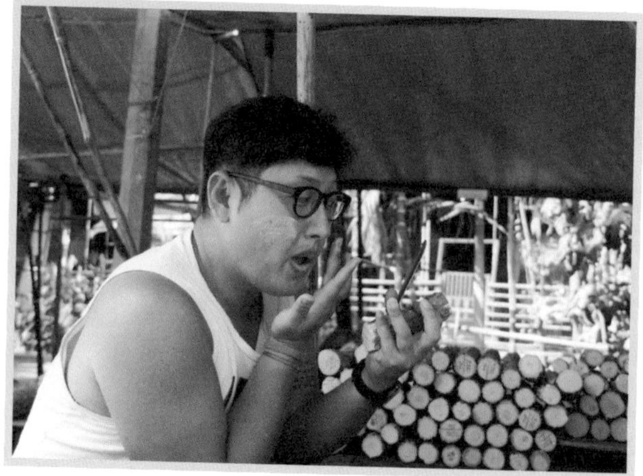

저, 여기서 일해도 되나요?

만들었다는 귀한 피클도 챙겨 주셨다. 며칠 뒤, 우리를 저녁 식사에 초대하고 싶어 하셨지만 만달레이를 떠나는 날이라 함께 할 수 없었다. 언제가 될지 모르지만 우리가 여행 중에 피겐과 콜한을 만나기 위해 다시 터키를 찾았던 것처럼 언젠가 테온과 할아버지를 만나기 위해 다시 미얀마를 찾게 될 것이라 믿으며 아쉬운 인사를 나눴다.

어디까지나 주관적이고 편파적인 만달레이 한 달 정산기

*** 도시 ***

만달레이, 미얀마 /

Mandalay, Myanmar

*** 기간 ***

2015년 1월 12일~1월 29일

(17박 18일)

*** 주거 형태 ***

단독주택 / 룸 쉐어

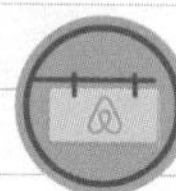

*** 숙박비 ***

총 300,000원 (1박 16,000원)

*** 생활비 ***

총 450,000원

(체류 당시 환율, 1짯 = 1원)

* 2인 기준, 항공료 별도

*** 종민** 1월의 만달레이는 우리의 늦봄 날씨라서 따뜻했고 숙소도 저렴해서 좋았어. 그런데 지금까지도 그 도시를 생각하면 찝찝해. 뭐가 문제였을까?

*** 은덕** 그르게. 매일 청소도 해 주고 침대 시트도 정리해줬는데 말이야. 크고 작은 사고가 많아서 그랬나 봐.

만난 사람: 36명 + α

슈퍼 호스트 롭과 탈리사, 그들의 동업자 테온, 화장품 만드는 테온의 할아버지, 공장 직원들, 뇌물을 받았던 경찰 1, 사진 찍지 말라던 경찰 2, 범칙금이 얼마인지 알려 준 운전학원 직원, 범칙금이 얼마인지 모르던 여행자 센터 직원, 매일 침대 시트를 갈아 주던 가사 도우미.

방문한 곳: 2곳 + α

타나카 공장, 매일 들락거렸던 다이아몬드 플라자.

6

여섯 번째 달 / 방콕

친구가 생겼어요

세상으로 나오니 만나는 사람의 폭이 정말 다양해졌다. 자연스럽게 우리는 질문이 많아졌다. 타인에게 이렇다 할 관심이 없었는데 상대방의 취향, 유년 시절, 정치관, 세계관까지 묻고 싶은 것이 꼬리에 꼬리를 물고 이어졌다. 누군가의 삶을 들여다보는 게 이토록 재미있는 일이었다니. 여행을 떠나지 않았다면 이렇게 많은 사람을 만나지 못했을 것이라 생각하니 가슴이 철렁했다. 역시, 여행하길 잘했어.

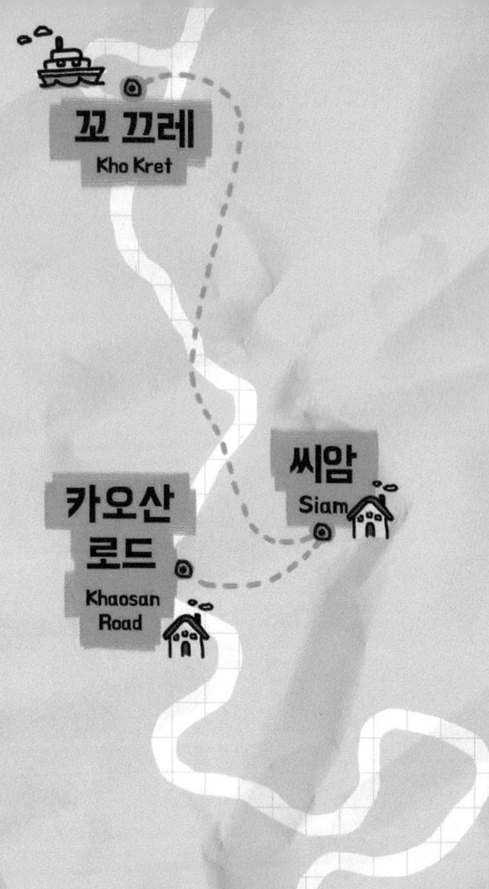
꼬 끄레
Kho Kret
씨암
Siam
카오산
로드
Khaosan
Road
방콕
Bangkok
통 크루
Thung Khru
타이 만
Gulf of Thailand

클롱 삼 와

khlong sam wa

태국

Thailand

여섯 번째 달
방콕 1

약자는 서럽다

글 / 

“종민이는 방콕Bangkok이 처음이지? 걱정 마. 내가 다 알아서 해 줄게. 7번이나 다녀 왔다니까!”

여행하는 도시에 대한 정보를 챙기는 것은 늘 내 몫이었다. 숙소는 어디에 있고 가까운 시장은 어떻게 가야 하는지, 교통수단은 무엇이 저렴하며 가 볼 만한 곳은 어디인지 조사하는 그런 것들 말이다. 방콕으로 떠나기 전, 여느 때와 같이 조사에 매진하고 있을 때 내 곁으로 다가온 은덕이 걱정 말라며 노트북 뚜껑을 닫았다. 여러 차례 태국을 여행한 그녀였다. 나는 그 말을 믿고 아무것도 준비하지 않았다. 정말 믿어도 될 줄 알았다.

은덕은 공항에 도착하자마자 달라졌다. 혼자서 이리저리 움직이더니 저만치 가서 짐수레도 가져오고 픽업 나오기로 한 호텔 직원을 찾아서 혼자 공항을 돌아다녔다. 그러다가 길이 엇갈려서 내가 은덕을 찾아서 공항을 헤맸다.

“은덕, 좀 진정해야 할 것 같은데? 넌 여길 잘 알겠지만 난 처음이야. 그러니 혼자서 돌아다니지 말고 나를 좀 챙겨.”

은덕이 알아서 다 하면 좋은 게 아니냐고 할 수도 있겠지만 오랜 여행으로 터득한 감각은 경고음을 울리고 있었다. 공항에서부터 방방거리는 은덕의 모습을 보니 우리 두 사람이 처음으로 싸웠던 홍콩의 밤이 떠올랐다.

신혼여행을 떠났을 때 우리는 홍콩을 경유했다. 중국에서 살 때 몇 번이나 들렀던 곳이고 중국어도 할 줄 알았기 때문에 나는 자신감이 넘쳤다. 잘 알고 있는 곳이니 특별히 준비도 하지 않았다. 비행기를 탈 때까지 은덕은 자신이 준비할 것이 없느냐고 물었지만 단호히 걱정하지 말라고 했다. 고작 이틀을 머무는 곳이고 궁금한 것이 생기면 중국어로 물어보면 된다고 생각했다. 지나친 자신감을 교만이라고 했던가? 그때의 나는 자신감이 지나쳤다.

도대체 다른 부부는 여행할 때 어떤 이유로 싸울까? 다른 부부들의 은밀한 속내가 너무나 궁금하다. 은덕과 나는 연애할 때 한 번도 목소리를 높여서 싸운 적이 없다. 심지어 결혼 준비를 할 때도 우리는 순탄했다. 완벽한 조합이라 생각했는데 뜻밖의 장소에서 싸움이 시작됐다.

이렇게 다른 우리가
2년을 함께 여행하다니

은덕은 익숙한 것을 좋아하는 사람이다. 새로운 도시에 도착하면 낯선 시스템에 바짝 긴장하고 비위도 약해서 가능하면 익숙한 음식을 먹는다. 반면 나는 낯선 도시의 골목을 좋아하고 그들이 먹는 낯선 음식을 탐한다. 숙소를 찾아가는 도중 길을 잃어도 그 과정마저 여행이라 생각하고 즐기는 나와 달리 은덕은 아무리 돌아가더라도 아는 길로 가야 한다. 홍콩에서 나와 은덕은 각자 원하는 것이 있었

방콕은 우리 다툼에
관심이 없었다

지만 그녀를 내 여행 방식에 맞추려 했다. 당연히 순탄치 않았다. 홍콩이 익숙했던 나와 홍콩이 낯설었던 은덕은 여행 내내 다퉜다. 처음으로 싸웠고 서로 여행하는 방식이 다르다는 것을 깨달았다.

은덕의 행동은 내가 홍콩에서 했던 행동과 너무 비슷했다. 여러 번 와 봤다는 이유로 자신감에 차서 들뜬 행동을 하는 것이 나를 불안하게 했다. 이대로 가다가는 우리가 또 싸울 것이 분명했다.

"7번이나 왔었다며 왜 아무것도 몰라?"

은덕은 자신이 다 알고 있으니 걱정하지 말라고 큰소리를 쳤지만 빈 수레였다. 한 달 동안 머물러야 하는 여행객이 알아야 하는 정보를 전혀 모르고 있었다. 당장 개찰구 앞에서 어떤 교통카드를 사야 하는지도 모르는 은덕을 보고 나는 폭발하고 말았다.

"지금 나한테 화내는 거야? 마지막으로 싸웠던 게……파리였으니까 4개월 만이잖아? 사랑이 식은 줄 알았네!"

신혼여행 당시, 홍콩에서 우리는 다퉜고 나는 밤을 새워 홍콩의 구석구석을 공부하며 은덕을 배려했다. 하지만 은덕은 그러지 않는다. 여행하면서 알게 된 정보에만 의존할 뿐 여전히 자료 조사에는 손을 대지 않았다. 내가 대신해 주길 바라고 있는 거다. 김은덕, 이 나쁜 계집애. 모든 관계에는 약자가 존재하는 법이고 나 몰라라 잠들어 버린 은덕을 대신해 나는 또 밤을 새우며 방콕에서의 한 달을 준비한다. 약자는 늘 서러운 법이다.

2년이 넘는 시간을 함께 여행하며 살고 있다. 긴 시간을 낯선 곳에서 함께하니 부부 사이가 저절로 좋아지지 않느냐고 묻는 사람도 있다. 1년 365일 24시간을 붙어 있고 부부애를 넘어 동지애, 사랑을 넘어 우정까지 나눈 좋은 사이인 건 분명하지만 우리는 여전히 다투고 부딪힌다. 서로 싸운다는 것은 자신의 틀 안에 상대를 억지로 집어넣으려는 집착일지도 모른다. 하지만 그만큼 상대에게 관심이 있고 나와 같아졌으면 하는 바람이 있는 것이니 이 역시 사랑의 과정이라 부를 수도 있을까?

여섯 번째 달
방콕 2

여행에 사치가 필요한 이유

글 /

종민과 세계여행을 하면서 사치라 부를 법한 이벤트는 독일에서 잠시 묵었던 5성급 호텔이 유일했다. 아끼고 아낀 생활비로 3박 4일 동안 호텔에 머물면서 긴 여행에 지친 심신을 달랬다. 남미를 여행하며 벼룩의 공격을 받아 온몸에 생긴 상처도 따뜻한 욕조에 몸을 담그니 사라졌다. 방콕에 오기 전, 이란과 네팔, 인도와 미얀마까지 어디 하나 만만한 나라가 없었다. 매일 밤 더위와 싸워야 했고 히말라야에서는 벌레에 물려서 한 달이 넘도록 고름을 짜내야 했다. 내 피부가 유별난 편이라 상처가 나도 쉽게 아물지 않기도 했지만 먹는 약과 바르는 약을 한 달이 넘도록 달고 다니니 지칠 대로 지친 상태였다. 쾌적하고 깨끗한 그런 장소가 필요한 시점이었다.

만달레이를 떠나 방콕에 왔을 때 우리는 엄마와 언니를 만날 예정이었다. 그러나 갑작스럽게 그들의 여행이 취소되었다.

"종민, 엄마가 항공권 환불한 돈으로 하고 싶은 거 하라네? 난 호텔에 가야겠어."
"미친 거 아니야? 5박 6일에 57만 원이라고? 단 6일 만에 그 돈을 날릴 생각이야? 나한테 돈 생기면 휴대폰 사 준다고 했잖아. 그 돈이면 새 스마트폰을 살 수 있다고."

달콤하지만 치명적인 호텔의 유혹

"종민, 독일 호텔 기억 안 나? 여기 조식도 끝내주고 너도 5성급 호텔 좋다며 다시 가고 싶어 했잖아."

돈의 맛

방콕은 밤하늘의 별만큼이나 호텔이 많아 상대적으로 저렴한 가격에 좋은 호텔을 이용할 수 있다. 내게는 뜻하지 않은 엄마의 용돈이, 지금 우리가 있는 곳이 마침 방콕이라는 사실이, 5성급 호텔에서 묵을 수 있는 절호의 기회라 여겨졌다. 휴대폰을 사야겠다며 몇 달 전부터 벼르고 있던 종민을 설득하기가 쉽지 않았다. 새 휴대폰을 목전에 두고 포기해야 하는 종민의 심정을 모르는 바 아니었으나 내게는 휴식이 더 간절했다. 내가 늘 강자라는 이야기에는 동의하지 않으나 이번만큼은 욕심을 내고 싶었다.

방콕에 도착해서 우리는 호텔에서만 지냈다. 오전 9시에 눈을 떠 1시간 30분 동안 천천히 조식을 먹고 수영장에서 선탠을 하거나 수영을 즐겼다. 오후 4~5시쯤에 호텔에서 운영하는 셔틀버스를 타고 가까운 쇼핑센터에서 저녁을 먹고 아이쇼핑을 했다. 지칠 때 쯤 호텔에 돌아와 반신욕을 하고 맥주 한 캔과 함께 영화를 보다가 잠이 들었다.

그것은 '돈의 맛'이었다. 나체로 뛰어들고 싶은 뽀얗고 부드러운 감촉의 침대 시트와 딱딱하지도 말캉거리지도 않은 매트리스. 이용객이 적어 풀 빌라를 빌린 듯한 야외 수영장 그리고 온천탕이 부럽지 않은 자쿠지 욕조까지. 우리는 5성급 호텔에서 외부 세계와 철저하게 단절된 채로 돈의 맛에 제대로 빠져 버렸다.

우리는 방콕에 있었지만 방콕에 있는 게 아니었다. 오직 호텔에서만 뒹굴거렸기 때문이다. 방콕에서 만나기로 약속한 지인에게도 호텔 체크 아웃 날짜에 맞춰 방콕에 도착했다고 알릴 참이었다. 나와 종민이 돈의 맛에 취해 있는 동안 벌레에 물려 만신창이가 된 다리가 나은 것은 보너스!

"거 봐. 여기 오면 몸이 나을 거라고 했잖아. 홍홍."
"그래도 이건 미친 짓이야. 내 스마트폰이나 내놔!"

여섯 번째 달
방콕 3

유엔에서 밥 먹자

글 / 

호텔을 나와 본격적으로 방콕에서의 한 달이 시작되었다. 우리의 숙소는 방콕의 중심지 씨암Siam이었는데 우리나라로 치면 명동쯤 되는 곳이다. 여행 중 처음으로 도심 한복판에서 한 달을 보내게 되었는데 그것보다 나와 종민을 들뜨게 한 것은 따로 있었다. 오늘 우리는 유엔에 간다!

"여권 챙기고 복장만 신경 쓰면 돼요. 샌들이나 반바지로는 입장 불가거든요."

카오산 로드Khaosan Road 부근에 있는 유엔에 가기 위해 우리는 이른 아침부터 부산을 떨었다. 하루하루가 휴일인 우리에게 누군가와 만나기로 약속한 오늘은 특별한 날이다.

우리가
유엔에 온 이유

방콕에 있는 유엔 아시아-태평양 본부, 이곳에는 인턴을 포함해서 한국인 20여 명이 일하고 있는데 그중 하나가 바로 수정이다. 그녀는 지난달, 미얀마에서 처음 만났다. 만달레이에 가기 전 잠시 머물렀던 숙소에서 한국인 여행객 여럿을 만났다. 어느 목사님도 함께였는데 지나친 포교 활동으로 종민과 나는 마음이 상해 버렸다. 수정도 우리와 함께 같은 괴로움을 토로했고 서로를 위로하다 연락처를 교환하게 되었다. 그녀와 스치듯 나눈 대화 속에서 내 모습도 언뜻 보였고 종민을 보는 것 같은 기분도 들었다. 특히 솔직한 말투에 호감을 느꼈다.

"저는 부산에서 사립대를 나왔어요. 그리고 바로 해운 회사에 취직했어요. 대기업에 다니면서 돈도 많이 벌었지만 우울증을 앓을 정도로 그곳이 힘들었어요. 5년 동안 버티던 회사에서 나와 하고 싶은 일을 찾기 시작했어요. 국제 대학원에 들어가 유엔 인턴에 뽑히기까지 힘든 과정이 있었죠."

유엔이라. 건물 앞에 서니 이곳이 어떤 곳인지 실감이 났다. 한 달 만에 다시 만난 수정은 여행객의 추레한 행색 대신 깔끔한 정장 차림으로 우리를 맞이했다. 종민이 지나가는 말로 유엔 구내식당에서 밥 한번 먹어 봤으면 좋겠다고 한 것이 이렇게 현실이 되었다.

일식과 양식은 물론 피자와 조각 케이크도 있었고 간단한 패스트푸드부터 현지 음식까지 웬만한 호텔 뷔페를 능가하는 상차림이었다. 저쪽에서는 영어가, 다른 쪽에서는 불어, 옆에서는 중국어와 태국어가 들렸다. 거기다 한국어로 대화하는 우리까지 더해졌으니 테이블 위에는 음식만큼이나 다양한 언어가 오가고 있었다. 우리는 쉴 새 없이 질문을 던졌고 식사 시간은 눈 깜짝할 사이에 끝나버렸

유엔에서 밥 먹어 본 사람
손 들어 보세요!

다. 짧은 만남에 아쉬웠는데 수정도 같은 생각이었는지 늦은 밤, 그녀로부터 메시지가 도착했다.

"내일 유엔 여성기구 대표로 무에타이 경기를 관람하러 가는데 함께 갈래요?"

마다할 이유가 없었다.

세상은 넓고
사람도 많다

우리가 관람했던 경기는 무에타이의 날을 기념하는 행사였다. 세계 곳곳에서 초청된 선수들이 토너먼트로 실력을 겨뤘다. 경기가 펼쳐지는 야외 공간은 그리 큰 편이 아니지만 우리 주변에는 검은 양복과 드레스를 빼입은 VIP들이 포스를 뿜어내고 있었다. 영화제 레드카펫과 비교해도 뒤처지지 않았다. 티셔츠 쪼가리를 입고 온 애들은 우리밖에 없는 듯했다.

현재, 태국 무에타이 랭킹 1위 선수를 비롯해 각 나라를 대표하는 선수가 모인 중요한 경기였기 때문에 생방송으로 중계되었다. 쉬는 시간마다 카메라가 객석을 훑는데 집에서 경기를 관람하던 사람들은 어리둥절했을 것이다. 카메라에 언뜻 비친 우리 모습은 내가 봐도 이상했다. 얼마나 굉장한 빽이 있길래 저런 차림으로 VIP 석에 앉아 있는 것인지 방송을 보던 사람들은 고개를 갸웃거리며 궁금했을 것이다. 맞다. 우리에게는 유엔이라는 든든한 빽이 있었다. 수정이 덕분에 경기 시작 전에는 식사와 간식, 음료를 받았고 경기가 펼쳐지는 링 바로 앞자리에 앉는 특전까지 따라붙었다. 거 참, 지지리 복도 많다.

여행 전의 나는 영화제에서 만난 사람들, 독서 모임을 함께했던 지인들, 그리고 20년 지기 무릎 친구들이 전부였는데 세상 밖으로 나오니 현지인뿐 아니라 교민과 유학생, 그리고 다양한 직업을 가진 사람을 만났다. 간호사, 수의사, 프로그래머, 게임 기획자, 수학자까지 섭렵하다가 이렇게 유엔에서 일하는 사람까지 만나게 되었다.

여행하고 글을 쓰면서 질문이 많아졌다. 타인에게 관심이 없는 사람이었는데 그 사람의 취향, 유년 시절, 정치관, 세계관까지 흥미가 생겼다. 누군가의 삶을 들여다보는 게 이토록 재미있는 일이었다니. 여행을 떠나지 않았다면 내가 만나는 사람은 대단히 한정적이었을 것이다. 그리고 수정이 같은 친구도 못 만났겠지. 수정은 자신이 겪었던 좌절을 떨리는 목소리로 들려주었다.

"유엔 인턴은 무급제예요. 그래서 보통은 정부의 지원을 받아서 나와요. 돈을 받기 위해서는 까다로운 면접을 통과해야 하는데 대부분 지원자가 집안도 좋고 외국에서 공부한 경험도 있고 말도 잘하는 대단한 친구들인 거예요. 나름 부산에서 똑똑하고 좋은 직장 다닌 사람이라고 생각했는데 '우물 안 개구리'였던 거죠. 몇 번의 실패 끝에 합격할 수 있었어요."

그녀가 욕심이 많고 야망이 큰 사람이었다면 이토록 호감이 가지 않았을 것이다. 수정은 마이너한 감성을 품고 실패한 사람의 아픔도 이해할 줄 알았다. 타인의 감정에 무딘 사람이 보이는 공허한 리액션이 수정에게는 없었다. 신중하고 절절하게 진심을 말하는 수정에게 나도 종민도 마음을 뺏겼다.

여섯 번째 달
방콕 4

백종민 선생의 다이어트 도전기

글 / 

“자기야, 나 손님 잘못 걸렸어. 몸이 완전 돌 덩어리야.”
“에이. 엄살도 참! 딱 보니 뚱뚱한 돼지구먼.”
“아냐. 자기도 한번 만져 보라니까.”
“에구머니나!”

마사지사 둘이 주고받은 대화다. 물론 추측이지만 은덕을 마사지하던 분이 내 오른쪽 다리를 한 번 주무르고는 말을 잇지 못하는 걸 보니 어느 정도 맞겠지 싶다. 피부가 살찌는 속도에 맞춰 늘어나지 못하는 걸까? 이제 나는 빵빵한 순대 같은 몸이 되어 버렸다. 다이어트가 시급하다.

내 삶에서 다이어트는 항상 현재 진행형이다. 평생이라고 불러도 좋을 만큼 운동도 했고 식이요법도 해 봤지만 이 몸뚱어리에 붙은 살덩이들은 좀처럼 떨어지지 않았다.

“종민아, 이거 효과 좋다더라. 한 번 먹어 봐.”

우리 엄마도 내 살이 싫었는지 한번은 다이어트 약을 사 왔다. 내가 살이 쪄서 그

렁지 살만 빼면 사촌과 오촌을 통틀어서 가장 잘생겼다나 뭐라나. 엄마 말로는 식욕 억제 성분이 있어서 약만 먹으면 밥 생각이 없어지고 자연스럽게 다이어트가 된다고 했다. 며칠 복용하니 무기력하고 뭐하나 마음에 드는 게 없고 심지어 이대로 죽어버리고 싶다는 위험한 생각마저 들었다. 이런 게 다이어트 우울증이구나 싶었고 우울한 성냥개비보다는 건강한 돼지로 살아야겠단 생각에 얼른 약을 끊었다. 얼마 후, 뉴스에서 내가 먹던 약의 부작용을 대대적으로 보도했다. 엄만 도대체 어디서 그런 걸 구했던 걸까. 끙.

방콕은
다이어트의 천적이더이다

방콕 땅을 밟은 순간부터 나는 두 걸음 이상을 내디딜 수가 없었다. 길을 거니는 사람만큼이나 많은 꼬치 가게, 보는 것만으로도 시원한 과일 파는 리어카 그리고 수많은 토핑으로 유혹하는 팟타이Pad Thai까지. 입으로 무한정 들어가는 만큼 운동이 절실했다. 방콕에 오기 전부터 무에타이를 배워 볼까 고민했다. 무도로써의 접근이 아니라 다이어트 수단으로 말이다.

그러던 어느 날, 수정의 제안으로 무에타이 경기를 보러 갔다. 세계무에타이협회에서 주최하는 큰 경기였는데 태국 선수와 외국 선수로 팀을 나눠서 토너먼트로 진행했다. 태국의 전통무술이라는 선입견에서 벗어나 세계적으로 인기를 끄는 이종격투기처럼 보이려는 노력도 군데군데 보였다. 한마디로 말해 이게 다 쇼가 아닌가 싶을 정도로 화려한 일렉트로닉 음악과 조명 속에서 경기가 펼쳐졌다.

우리가 앉은 자리는 선수의 땀 냄새도 맡을 수 있을 만큼 가까운 곳이었다. 내 눈

내가 이걸
배우려 했다니

앞에서 주먹이 오가고 체중을 실은 킥이 허벅지를 가격했다. 선수들의 피부는 벌겋게 달아올랐고 경기가 끝날 무렵에는 피를 흘리는 선수도 보였다. 링을 둘러싼 모든 것은 화려했지만 격투의 치열함은 날 것 그대로 살아있었다.

다이어트 수단으로 무에타이를 생각했던 나의 무지가 죄스럽게 느껴진 순간은 경기 시작 전 의식을 보면서부터였다. 선수들은 경기 시작 전, 와이크루Wai Khru라는 춤을 추면서 링을 돌았다. 스승에 대한 존경을 정성스럽게 표하는 의식이라고 했다. 머리에는 몽콘Mongkhon이라는 머리띠를 두르고 팔에는 쁘랏지앗Prajioud이라 부르는 신성한 헝겊을 묶었다. 태국 선수보다 외국 선수가 더 경건하게 의식에 참여했다. 무에타이의 본고장에 온 만큼 최대한 존경을 보이려는 듯했다. 그런데 나는 이 신성한 무예로 내 지방이나 떨구겠다는 생각을 했던 것이다.

수많은 다이어트가 번번이 실패한 것은 방법론의 문제가 아니라 내 의지의 문제였다. 평범한 일상 속에서도 실패한 다이어트를 산해진미로 가득한 여행을 즐기면서 시도하겠다니 이보다 멍청한 다이어터가 또 있을까? 그래서 오늘도 난 멈추지 않고 팟타이를 먹고 있다. 다이어트는 서울에서 하는 걸로!

여섯 번째 달
방콕 5

내게도 친구가 생겼어요

글 / 

태국을 많이 들락거렸지만 현지 친구 하나가 없었다. 그때만 해도 다른 여행객처럼 돈으로 시간을 사서 비싸고 바쁜 여행을 했으니 친구를 만나기 쉽지 않았다. 맛있는 식당을 찾아가고 멋진 리조트에서 휴식을 취하고 관광지를 찾아 나서는 게 당연했으니까.

태국 친구, 뿜Poom은 히말라야 랑탕밸리 트레킹을 하며 만난 사이다. 고산증으로 모두가 시름시름 앓으며 추위에 떨고 있을 때 우리를 위로해 준 건 산장에서 피어오르는 따뜻한 장작불이었다. 트래킹을 하는 사람들은 그 앞에 옹기종기 모여 밀크티 한 잔을 마시며 몸을 녹이고 함께 저녁을 먹는다.

"뿜, 산장 음식 못 먹겠죠? 우리한테 김 한 봉지 있는데 이거 먹을래요?"

그렇게 시작된 인연은 고생스러운 길을 함께 걷고 있다는 동지애 때문인지 점점 끈끈해져서 금세 친구가 되었다. 고된 하루의 끝은 산장 난로 앞에 모여 앉아 카드 게임을 하면서 마무리했다.

"자, 저녁도 먹었겠다 지금부터 국가별 대항전을 하는 거예요. 네팔, 한국, 일본,

친구끼리 이 정도 사진은
기본 아닌가요?

태국 대표로 카드 게임을 해서 승자를 가려요."

가이드와 셰르파, 여행객 할 것 없이 그 시간만큼은 몸도 마음도 따뜻한 순간을 보냈다. 산장에서의 따뜻했던 공기를 그리워하며 우리는 무더운 방콕에 도착했다. 짧은 만남이었지만 뿜은 우리를 잊지 않았다.

"꼬 끄레Kho Kret끄레 섬, 꼬Kho는 태국어로 섬이라는 뜻라고 방콕 북쪽에 작은 섬이 있어. 함께 피크닉 가지 않을래?"

절친 인증의 필수, 먹방

출발하기 전, 뿜의 친구 레Lek와 핑Ping 부부를 소개받았다. 그렇게 태국인 3명과 한국인 둘이 모여서 끄레 섬으로 향했다. 배를 타고 1시간가량 짜오프라얏 강을 거슬러 올랐고 육지에서 택시를 타고 30분 정도 이동한 후 다시 배를 타고 강을 건너서 끄레 섬에 도착했다. 이 작은 섬에는 주말마다 장이 열리는데 다양한 먹거리부터 아기자기한 수공예품이 주인을 기다리고 있었다. 마침 설 연휴라서 중국 관광객으로 태국 전체가 북적거렸는데 이곳만은 그들이 없는 세상이었다.

작렬하는 태양 빛에 정수리에서 뜨거운 김이 모락모락 났다. 평소라면 더운 날씨를 피해서 시원한 쇼핑센터로 향했겠지만 현지인과 함께 있으니 그런 꼼수를 부릴 틈이 없었다. 대신 먹거리로 더위에 지친 영혼을 달랬다. 두리안과 망고를 갈아서 만든 아이스크림부터 알록달록한 태국의 전통 디저트까지 한시도 배가 꺼질 틈이 없었다.

"쏨땀Som tam, 태국식 파파야 샐러드에도 여러 가지 종류가 있어. 쏨땀은 태국 동북부 이싼 Isan 지역 음식인데 생선 액젓이 기본 소스로 들어가. 민물 게를 넣어서 만든 쏨땀 뿌, 돼지고기가 들어간 쏨땀 무, 맵지 않고 액젓 맛이 강하지 않아 처음 쏨땀을 먹는 사람도 쉽게 먹는 쏨땀 타이까지. 그리고 이건 이 식당의 자랑, 과일로 만든 쏨땀이야. 어때?"

한국인이 김치를 먹는 것처럼 태국인은 쏨땀을 먹는다. 나는 액젓 맛이 강하고 맵고 비린 쏨땀을 좋아하지만 종민은 달콤하고 담백한 쏨땀을 좋아한다. 하지만 그 무엇도 과일 쏨땀에 비할 바가 아니었다. 사과, 토마토, 포도 등을 쏨땀 소스에 버무려서 먹었는데 냉동실에 꺼낸 건지 시원하고 아삭한 맛이 더위에 지쳤던 입맛을 돋워 주었다. 하지만 맛있는 음식보다 더 좋았던 것은 이제 내게도 태국에 가면 만날 수 있는 현지 친구가 생겼다는 것이다. 무려 여덟 번째 태국 방문에서 이룬 경사였다.

"뿜, 다음 주말에는 우리 숙소에 놀러 오지 않을래? 한국 음식을 대접하고 싶어."

덜컥 뿜을 초대했지만 요리는 어떻게 한단 말인가! 집에는 음식을 만들 수 있는 도구가 없었다.

"은덕, 집에서 요리는 힘들겠어. 지난번 김치 주문했던 곳에 문의해 보자."

내가 저지른 똥을 치우느라 늘 고생하는 종민은 이번에도 대안을 제시했다. 방콕에는 한국 교민이 많이 살고 있어서 반찬가게와 한국식당이 많았다. 김치도 주문할 수 있었고 닭볶음탕, 오이지, 연근 조림, 깻잎, 마늘절임 등의 반찬도 주문할 수 있었다. 그렇게 주문 음식으로 상을 차렸고 다행히도 뿜, 레, 핑은 음식을 맛있게 먹어 주었다. 간장에 절인 음식을 특히 좋아하는 뿜을 위해 남은 마늘절임

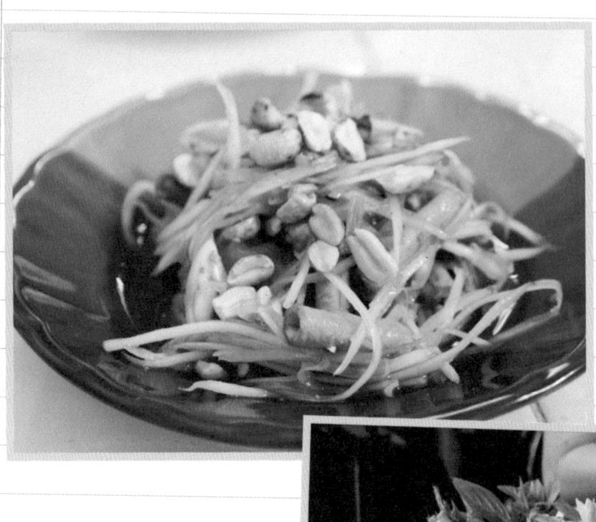

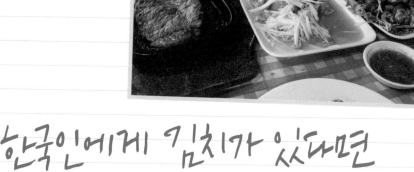

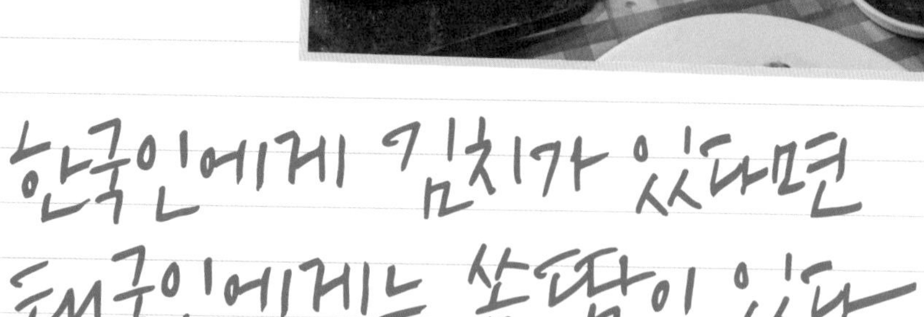
한국인에게 김치가 있다면
태국인에게는 쏨땀이 있다

까지 챙겨 주었다. 가족은 아니지만 가족처럼 그들을 대접하고 나니 진짜 방콕에 친구가 생겼다는 것이 실감 났다.

"코쿤캅, 뿜!"

여섯 번째 달
방콕 6

내 억울함에 관하여

글 / 

2월의 방콕은 안 그래도 더운 날씨가 더 더운 날씨로 바뀌었고 몹시 더운 날씨로의 진입을 눈앞에 두고 있었다. 특히 오후 2시와 5시 사이에 태양 아래에 서 있으면 내 옷은 땀으로 흥건해지고 몸에서는 시큼한 냄새가 났다. 그런데도 우리는 카오산 로드를 가로질러 수상 택시 정류장으로 향했다. 아시아티크Asiatique The Riverfront, 짜오프라야 강변에 있는 대형 복합 쇼핑몰로 가는 배를 타기 위함이었다.

"4시 30분에나 움직이는 그 배를 기다릴 거요?"

매표소에서는 내 의사와 상관없이 근처 부두까지만 가는 다른 표를 끊어 주었다. 처음엔 그러려니 하고 받았는데 도착해서 또 갈아타야 하는 게 귀찮아졌다. 그때가 오후 3시.

"은덕, 아시아티크까지 가는 배는 1시간 이상을 기다려야 하는데……."
"더운데 기다렸다가 가지 뭐. 4시 30분 표로 바꾸자."

바쁜 일정과 더운 날씨에 지쳤던 터라 나 역시 가만히 앉아서 쉬고 싶었다. 매표소에 가서 4시 30분 표로 바꿔달라고 했다.

"아이참! 이 사람 말을 못 알아듣네! 그렇게 가면 오래 기다려야 한다는데 왜 자꾸 그래요!"

언성을 높이는 아줌마를 이해할 수 없었다. 내가 가고 싶은 곳에 내가 가고 싶은 방법으로 가겠다는데 대체 왜!

"이봐요. 도대체 뭐가 문제입니까? 그리고 아까부터 나한테 화를 내는 이유는 뭔데요? 내가 뭘 잘못했죠?"

아줌마에게 마구 쏴 대는 사이 주변에 있던 사람들이 나를 가리키며 손가락질하는 것이 보였다. 창피했지만 잘못한 것이 없으니 더 항의하고 싶었다. 하지만 더 화를 내다가는 내 감정을 주체하지 못할 것 같아서 표를 바꾼 다음 자리로 돌아왔다. 은덕은 그런 나를 피해 저만치 떨어져 있었다. 외로웠다.

나는 왜 첫 번째가 아닌 거니

유치하지만 순위를 정해야 한다면 내가 그녀의 제일 첫 번째가 되어야 할 것이다. 하지만 내가 느끼기에 내 순위는 저 아래 375위 정도인 것 같다. 언제나 이성적이고 확실하게, 깔끔하게 일을 처리하는 은덕은 일이 꼬이기 시작하면 모든 문제의 원흉이 나에게 있다는 것처럼 몰아간다. 은덕의 이런 행동은 몇 번을 겪어도 나를 비참하게 만든다. 나는 은덕과 멀찍이 떨어진 곳에서 외롭게 30분을 기다렸다. 시간이 조금 흐르니 쌀쌀맞았던 매표소 아줌마도 너무 많은 관광객을 상대하느라 혹은 이 무더위에 지쳐서 그랬던 것이 아닐까 싶었다. 화는 점점 가라

방콕 버스에 얽힌
슬픈 추억이
추가되었습니다

앉았지만 쇼핑센터에 가고 싶은 마음은 깨끗이 사라지고 말았다. 표를 환불하고 싶었지만 다시 매표소 아줌마와 말을 섞어야 하는 것이 마음에 걸렸다. 은덕에게 대신해 달라고 했더니 그녀의 대꾸가 화를 북돋웠다.

"그냥 가자. 얼마 되지도 않는데……."

맞다. 겨우 80밧약 한화 2,500원. 얼마 되지 않는 돈이었지만 그게 문제가 아니었다. 은덕의 태도가 문제였다. 난처한 일을 당할까 걱정스러웠던 거고 비겁하게 피하려는 은덕이 꼴 보기 싫어졌다. 그 순간 나는 왜 이런 사람이랑 결혼하고 함께 여행하고 있을까 하는 생각이 들었다. 은덕을 저만치 떨구고 씩씩거리며 집으로 향하는 버스에 올랐다. 조금 전 그녀의 태도를 생각하면 당장에라도 헤어지고 싶은 마음이었지만 이내 마음을 바꿨다.

"은덕, 집에 가지 말고 차이나타운으로 가자."
"이제 괜찮아? 오늘, 마음고생이 심했지? 맘이 어떻게 풀린 거야?"

전혀 괜찮지 않았다. 이쯤에서 은덕은 내게 사과를 해야 했지만 그러지 않았다. 먼저 사과할 줄 모르는 이 나쁜 계집애. 나도 모르게 버스 안에서 소리를 질렀다. 꾹 참던 울분이 쏟아졌다. 버스에서 내리고 밥을 먹으면서도 감정이 요동쳤다. 끊임없이 화가 났다. 결국, 은덕은 견디지 못하고 통곡을 했다. 하지만 나는 안다. 내게 미안해서가 아니라 자신의 억울함을 참지 못해 꺼이 꺼이 운다는 것을. 나는 미안하다는 말도 듣지 못한 채 아내를 울린 나쁜 놈이 되고 말았다. 김은덕, 이 나쁜 계집애.

여섯 번째 달
방콕 7

특별한 날을 보내는 법

글 / 

여행하면서 휴대하기 힘든 물건은 단연 액체류다. 짐 사이에서 샐지도 모르고 까다로운 보안 규정 대상이라 까딱하다가 뺏길 수도 있다. 따라서 여행을 시작할 때 나로서는 큰 결심을 해야 했는데 바로 향수를 짐에서 빼기로 한 것이다. 향수가 없으니 나는 늘 불안했다.

"은덕, 내 몸에서 냄새 안 나?"
"빨래를 바짝 말려야 냄새가 안 난다고 했잖아! 오늘 어떻게 다녀!"

나는 수시로 은덕에게 묻고 확인했다. 내 체취는 이 세상에 들키면 안 되는 은밀한 녀석이다. 늘 체취 때문에 조마조마하고 빨래가 마르지 않아 비릿한 냄새가 나면 그날 하루는 아무것도 할 수 없었다. 그 어렵다는 금연에 성공한 것도 내 몸에서 담배 냄새가 난다는 사실을 견딜 수 없었기 때문이다. 나 자신도 유난이구나 싶지만 어찌하겠는가. 냄새라는 녀석이 내게는 너무나 치욕인 것을.

이 향수는
전염성이 강하다

이렇게 달아서
뭐에 쓰나?

"은덕, 나가는 길에 백화점 좀 들르자."
"뭐 사려고?"
"아니, 향수 좀 뿌리게."

여행하면서 향수를 뿌리기 위해서 생각한 방법은 백화점이나 화장품 매장을 찾아가는 것이었다. 진열된 테스터 향수를 사용하는 것이지만 아무래도 직원들의 눈치가 보인다. 향수 매장 근처를 서성거리다가 직원들이 방심한 사이에 재빨리 뿌리는 것이 나름의 노하우다. 내 몸에서 나는 향기는 매장에서 가장 무심한 직원이 관리하는 향수다.

때마침 밸런타인데이였다. 조 말론Jo Malone London의 진열장에는 밸런타인데이를 위한 향수가 올려져 있었다. 검은색 병에 든 향수. 며칠 전에도 똑같이 생긴 향수를 썼기 때문에 별생각 없이 집어 들었다. 재빨리 뿌리고 잰걸음으로 걸어 나오는데 코끝으로 전해지는 향은 며칠 전의 그것이 아니다.

"은덕, 종민이 이렇게 달아서 어디다 써?"

내가 나를 객관화시켜 3인칭으로 부르는 건 어디서 배웠을까? 달다 못해 개미 백만 마리가 몸속에 기어 다닐 것 같은 향에 내가 잠시 정신이 나갔나 보다. 매장에서는 밸런타인데이를 맞은 연인을 겨냥한 로맨틱, 성공적 향을 진열한 모양인데 그 향수는 나라는 사람의 수많은 존재의 이유를 소멸시키고 오로지 달콤함만을 남겼다. 밸런타인데이에도 초콜릿 대신 망고 4킬로그램을 주고받는 우리 부부에게는 과하게 달달한 향이었다. 우리는 어색하게 손을 맞잡고 아찔한 냄새를 풍기며 방콕 시내를 걸어야 했다.

50
EMPORIO ARMANI
RATP

어디까지나 주관적이고 편파적인 방콕 한 달 정산기

*** 도시 ***

방콕(태국) /

Bangkok, Thailand

*** 기간 ***

2015년 1월 30일 ~ 2월 4일

(5박 6일)

*** 주거 형태 ***

호텔 메트로폴리탄 Metropolitan

*** 숙박비 ***

총 570,000원

(1박 114,000원)

*** 도시 ***

방콕(태국) /

Bangkok, Thailand

*** 위치 ***

씨암 Siam

(씨암 MBK까지 도보로 5분 소요)

*** 주거 형태 ***

아파트 / 집 전체

*** 기간 ***

2015년 2월 4일~3월 4일

(28박 29일)

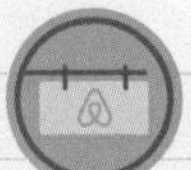

*** 숙박비 ***

총 800,000원

(장기 체류 할인 적용, 1박당 정상 가격은 58,000원)

*** 생활비 ***

총 1,210,900원

(체류 당시 환율, 1밧 = 34원)

* 2인 기준, 항공료 별도

*** 종민** 변두리가 아니라 도심 한 가운데 숙소를 잡은 건 처음이야. 아파트가 새 건물은 아니었지만 방과 거실, 화장실까지 있었고 4명이 머물러도 충분했을 거야.

*** 은덕** 엄마랑 언니가 방콕에 오기로 했으니까 무리해서 좋은 집을 구했는데 결국 만남이 취소됐지. 덕분에 시내 한 복판의 수영장까지 달린 숙소에서 호화로운 한 달을 보낼 수 있었네.

만난 사람: 10명 + α

유엔에서 만난 수정이, 나의 방콕 친구 뿜과 핑, 레, 한 바탕 소란을 피우고 온 선착장 매표원

방문한 곳: 4곳 + α

유엔 아시아-태평양 본부, 현지인들의 관광지 꼬 끄레, 무에타이 경기장, 달달한 향기를 선사해 준 백화점

일곱 번째 달 / 롬복

여행과 결혼은 서로 닮았다

머리 굵은 성인 남녀가 매일 붙어 있는데 어찌 좋은 일만 있으랴. 뭐든지 잘하는 커플이라고 의기양양할 때도 우리는 늘 이혼이라는 상황을 염두에 두고 있다. 관계가 위태위태해서가 아니라 서로가 절실히 필요하고 충분히 행복한 지금 이 순간에 반드시 생각해야 하는 문제라고 여기기 때문이다. 너무나도 다른 우리 두 사람. 여행이 모두 끝날 때쯤이면 서로를 조금은 인정할 수 있을까?

발리
Bali

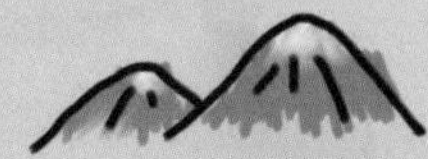

Bebandem

Manggis

덴파사르
Kota Denpasar

인도네시아
Indonesia

인도양
India Ocean

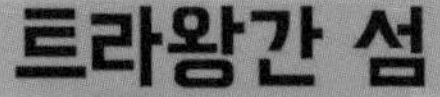
트라왕간 섬
Gili Trawangan

린자니 산
Gn Rinjani

끄끄리
Kekeri

롬복
Lombok

일곱 번째 달
롬복 1

롬복을 만나러 가는 길

글 / 

"이륙 구간의 기상 악화로 잠시 활주로에서 대기하겠습니다."

비행기가 멈췄고 곧이어 기장의 안내 방송이 나왔다. 창밖을 보니 조금 전까지 맑았던 하늘은 어느새 짙은 먹구름으로 가득했다.

'소나기일 거야. 동남아에서는 흔한 일이잖아. 잠이나 자자.'

시간이 얼마나 흘렀을까, 우르르 쾅쾅하는 소리에 저절로 눈이 떠졌다. 언제 이륙했는지 비행기는 자바 해Java sea 위를 날고 있었다. 얼마 전 이 지역에서 항공기가 기상 악화로 추락했다는 뉴스가 생각났다. 우리는 사고가 났던 항공사를 이용해 롬복Lombok으로 가는 중이었고 사고가 나던 날과 비슷한 날씨에 비행하고 있었다. 유리창 너머에서 번개가 쉼 없이 번쩍거렸다. 비행기가 거센 비바람과 폭풍우를 견디지 못하고 위아래로 흔들리기 시작했다.

그날따라 우리 두 사람의 좌석은 멀리 떨어진 상태여서 비행 내내 얼굴을 볼 수 없었다. 이렇게 죽을 수도 있겠구나 싶을 정도로 무서운 날, 종민의 손도 잡을 수 없던 나는 두 손을 가지런히 모았다. 그리고 기도했다. 할 수 있는 일이라고는 그것뿐이었다.

첫인상은
좋지 않았지만

죽음의 공포를 견디느라 심장이 쿵쾅거렸던 시간을 보내고 나서야 우리는 비로소 땅을 밟을 수 있었다. 롬복은 세찬 비를 쏟아내고 있었다. 소나기라고 하기에는 좀 과하다 싶을 정도로 강한 비바람과 물줄기였다. 이쯤 되니 이 섬이 우리를 거부하는 게 아닌가 싶었다. 종민과 나는 농담을 주고받으며 불안한 마음을 지우려 애썼지만 정말이지 심상치 않은 날씨가 계속 이어졌다.

"내일도 이렇게 장대비가 쏟아지면 발리Bali로 피난 가자."
"배도 안 뜰 텐데 가긴 어딜 가? 그냥 고립되는 거지."

롬복은 제주도보다 약 2.5배 큰 섬으로 섬 전체를 횡단하는데 자동차로 4시간이 걸린다. 롬복에는 바다는 말할 것도 없고 인도네시아에서 두 번째로 높은 린자니 산Mount Rinjani, 높이 3,726미터의 화산과 쌀이 자라는 비옥한 토지와 강도 있다. 롬복 주민들은 이런 천혜의 환경을 이용해 쌀을 재배하고 생선을 잡고 목축업을 하면서 생계를 꾸려나간다.

이곳에서는 열대의 섬에 깊숙이 자리 잡은 이슬람 문화도 엿볼 수 있다. 관광객이 많이 모이는 승기기Senggigi, 롬복 서쪽에 자리한 고급 리조트 및 호텔 밀집 지역는 다를 수 있지만 우리가 한 달 동안 머무는 끄끄리Kekeri를 비롯한 섬 곳곳은 종교와 생활이 밀착된 풍경을 자주 볼 수 있다.

롬복에 도착한 이후 우리는 새벽 4시 30분이 되면 눈을 떴다. 오후 6시가 넘으면 아무것도, 정말 아무것도 할 게 없는 곳이라서 일찍 잠든 탓도 있지만 그보다

부지런히 일하는 롬복 사람들
앗, 저기 함정이 있다

는 사원 곳곳에서 들려오는 기도 소리 때문이다. 롬복에 처음 도착한 날, 한밤중에 들린 곡소리에 우리는 공포에 휩싸였다. 쏟아지는 폭우 속에 누군가의 울부짖음이 그것도 단체로 들리니 마치 영화, 〈이끼2010〉의 배경으로 등장하는 수상한 마을에 있는 기분이었다. 이란이나 터키에서도 새벽에 기도 소리가 들려서 잠을 깼던 기억은 없었는데 열대지방에서 이슬람이라니, 이국적이다 못해 기괴한 풍경이었다.

도저히 멈출 것 같지 않았던 비는 이틀을 세차게 내리다가 그쳤다. 마침내 새파란 하늘을 보여 줬는데 그제야 롬복에 사는 아름다운 얼굴들이 눈에 들어왔다. 생업은 어떻게 꾸려 나가는지, 학교는 다니는지 도통 알 수 없는 사람들이 삼삼오오 모여서 골목 여기저기에서 수다를 떨고 있었다. 롬복에서는 짜증을 내거나 바쁘게 움직이는 사람이 없었다. 사람들의 표정을 보면 이 땅이 얼마나 풍요로운 곳인지, 살기 좋은 곳인지를 눈치챌 수 있다. 롬복이라는 섬에서 태어난 사람들의 느긋하고 행복한 모습에 점점 빠져들었다.

일곱 번째 달
롬복 2

노천 수영장, 정전 그리고 망고스틴

글 / 

롬복 숙소에 관해 이야기한 적이 있던가? 이 집은 무려 600평에 달하는 정원과 안채, 별채로 구성된 리조트 같은 개인 별장이다. 열대기후 속에서 나무와 풀이 무성할 법도 한데 아침저녁으로 정원 관리사의 손길이 닿아 아름다운 모습을 유지하고 있다. 원시림이 아니라 잘 가꿔진 열대 정원이다.

우리가 머무는 곳은 별채인 2층짜리 방갈로다. 전면이 통유리로 되어 있어 눈을 뜨면 가장 먼저 보이는 것은 푸른 잔디와 나무인데 가끔은 그 사이로 뛰어다니는 개구리와 도마뱀도 볼 수 있다. 정원 너머로 롬복의 바다색과 닮은 수영장도 슬쩍 비친다.

롬복은 전기와 인터넷 사정이 열악한 곳이다. 호스트인 아니타Anita는 숙소에서 에어컨 사용을 자제해 달라고 여러 차례 부탁했다. 롬복은 시내에 있는 쇼핑몰이나 식당에 들어가도 방콕이나 쿠알라룸푸르처럼 통쾌한 에어컨의 은혜를 받기가 힘들었다. 차라리 해변에 드러누워 이열치열로 선탠을 즐기거나 바닷속에서 허우적거리는 편이 나았다.

이마저도 귀찮다면 바다 향이 물씬 풍기는 수영장에서 물놀이하며 땀을 식히면 될 일이었다. 일주일에 한 번씩 관리사가 바닷물로 수영장을 가득 채우고 돌아가니 스쿠터로 30분이나 걸리는 해변까지 가지 않아도 해수욕을 할 수 있다. 더욱이 우리가 도착하기 전, 아티나는 고향인 네덜란드로 휴가를 떠나 나와 은덕은 개인 수영장을 마음껏 쓸 수 있었다. 아침에 눈을 뜨면 수영하고 글을 쓰다가 더우면 또 풍덩 뛰어들었다. 육중한 나의 몸을 힘껏 던져서 물이 사방으로 튀어도 뭐라 할 사람이 없었다. 하지만 이보다 더 즐거운 일은 따로 있었다.

망고스틴과 함께
신선놀음을

매일 집 앞 슈퍼에 들러 망고스틴 3킬로그램을 샀다. 우리 돈으로 3,000원. 아주머니는 망고스틴을 박스에 담으면서 지나가는 동네 사람들에게 '한국 사람은 망기스Mangis, 인도네시아어로 망고스틴를 참 좋아해'라고 말하는 것을 잊지 않았다. 매일 망고스틴을 라면 박스에 가득 담아 가는 우리가 신기했던 모양이다.

망고스틴을 품에 안고 집으로 돌아가는 길, 안면을 튼 동네 사람들과 인사를 나누고 적당한 곳에 스쿠터를 주차한 뒤, 하루 중 가장 기다리는 일과를 시작했다. 바로 수영장에 몸을 반쯤 담그고 은덕과 함께 망고스틴을 먹는 일이다. 뜨거운 남국의 태양 아래 우리 두 사람만 사용하는 노천 수영장이 있고 그 안에 몸을 반쯤 담근 채로 망고스틴 껍데기를 비틀다 보면 이런 신선놀음이 또 있을까 싶었다.

망고스틴의 보라색 껍질을 열면 하얀 과육이 꽉 들어차 있다. 과육의 모양새가 꼭 마늘 같지만 딱딱하고 인정머리 없이 매운 마늘과 달리 달콤하고 유들유들하다. 아무거나 집어도 맛나다. 매일같이 망고스틴 껍질을 벗기다 보니 엉뚱한 생

하루에 3kg씩은 먹어야
망고스틴 좀 먹어 봤다고 말할 수
있는 거 아닙니까

각도 들었다. 하얀 과육을 가만히 관찰해 보니 상당히 가부장적인 구성을 취하고 있는 것이 아닌가! 대체로 과육은 여섯 형제가 옹기종기 모여 있는 생김새였는데 유독 몸집이 큰 형님 주위로 고만고만한 다섯 형제가 쪼르르 붙어 있었다. 가장 큰 형님이 씨앗을 품고 있으니 장남에게 재산을 물려주는 가부장제의 폐해가 여기에도 반영된 모양이다.

한가로운 롬복의 어느 날, 망고스틴을 까먹으며 상상의 나래를 펼칠 수 있었던 것은 롬복이 전기와 인터넷 환경이 열악한 곳이었기 때문이다. 인터넷도 안 되고 저녁 먹고 나면 늘 정전이라 책도 읽지 못하니 할 수 있는 일이라고는 낮에 먹은 망고스틴을 생각하며 엉뚱한 상상을 하다가 잠드는 것뿐이었다. 가장 뜨거운 한낮, 어김없이 망고스틴을 손에 쥐고 수영장을 향해 걸었다. 머릿속으로는 망고스틴에 얽힌 또 다른 이야기를 상상하면서.

일곱 번째 달
롬복 3

눈뜬장님과 바다거북

글 / 

롬복에서 40여 분 보트를 타고 들어가면 만날 수 있는 작은 길리Gili, 인도네시아어로 섬, 트라왕간Trawangan에 다녀왔다.

"원래 12만 루피아한화 1만 원인데 너희는 한 사람에 10만 루피아에 해 줄게. 시간이 없어. 15분 뒤에 배가 출발한다니까."

섬이나 둘러보면서 수영이나 할 참이었는데 우리를 애달프게 쫓아오는 삐끼를 만나 덜컥 스노클링 투어에 합류했다. 삐끼의 다급한 몸짓에 속아 예정에도 없던 지출을 했는데 10초도 지나지 않아 같은 투어 프로그램이 7만 5,000루피아에 거래되는 것을 발견했다.

"종민, 가끔 이렇게 호구 짓도 하는 거지. 안 그래?"
"시끄러워. 깎을 수도 있었다고. 너 때문에 점심은 굶게 생겼잖아."

마음이 급해서 종민에게 얼른 돈을 내라고 꼬드긴 게 민망해서 둘러대기는 했지만 나 역시 한숨이 나왔다. 점심 먹을 돈까지 탈탈 털었으니 물놀이하고 허기진 배를 움켜쥐고 어떻게 버틴단 말인가! 물놀이를 할 생각에 신용카드도 놓고 나왔고 투어 프로그램에 참여할 생각은 더더욱 없었기에 하루 치 생활비만 챙겨 나왔다가 낭패를 만났다.

트라왕간 섬 옆에는 메노 섬Gili Meno과 에어 섬Gili Air이 나란히 붙어 있었는데 특히 메노 섬은 바다거북과 함께 수영할 수 있는 포인트로 유명했다. 배를 타고 3번이나 자리를 옮겨서 스노클링을 하는 코스라 체력소모가 만만치 않은데 현금이 없는 우리는 점심 식사를 건너뛰어야 했다. 이렇게 물놀이를 하다가 기절할지도 모를 상황이었다.

북대서양, 남태평양, 지중해, 아드리아 해, 카리브 해, 아라비아 해, 안다만 해 등 그동안 우리가 거쳐 간 바다만 세어도 열 손가락이 부족한데 그중 우리가 엄지를 척하고 세울 수 있는 바다는 에게 해였다. 바닷속이 훤히 비치는 맑고 투명한 빛깔은 물론 날씨도 너무 좋았다. 습도가 낮아서 물놀이를 해도 찝찝한 느낌이 없었다. 두 번째로 좋은 곳은 바로 이곳 자바 해를 꼽아야겠다. 명이 긴 거북이가 여러 바다 중에서도 이곳에 자리 잡은 것을 보면 그만큼 이 섬이 아름답다는 증거가 아닐까?

거북이도 식후경

금강산도 식후경이라고 스노클링을 2번이나 하고 나니 힘이 빠지고 허기가 찾아왔다. 아침도 거른 상태로 배를 탔던 우리였다. 가이드가 해변 앞에 있는 레스토랑으로 배에 탄 손님들을 안내할 때 우리는 화장실을 가는 척하며 몰래 빠져나왔다. 물에 젖은 굶주린 짐승 두 마리가 처연하게 골목을 서성이는 꼴이었다. 과자

거북아 거북아
고개를 내밀어라
안 그러면 구워 먹으리

라도 하나 사 먹을까 싶어서 가게를 찾았다.

"은덕, 레스토랑은 밥 한 끼에 7만 루피아나 해. 우리 지갑에 얼마 있지?"
"1만 5,000루피아 남았어. 배 많이 고프지?"
"저기 봐. 나시 짬뿌르Nasi campur, 밥 위에 서너 가지의 반찬을 올려서 먹는 인도네시아식 백반가 1만 5,000루피아야."
"우왕, 심 봤다. 하나 시켜서 같이 먹자."

죽으란 법은 없나 보다. 섬에서 현지인을 상대로 장사하는 간이식당을 발견했다. 우리가 좋아하는 나시 짬뿌르 하나를 시켜서 야무지게 싹싹 긁어 먹었다. 그렇게 허기를 달래고 다시 바다거북을 찾으러 배에 올랐다. 거북이 자주 나타나는 포인트에 도착하자 스텝 중 한 사람이 입수하더니 사람들에게 소리쳤다.

"제가 안내할 테니까 저를 따라오세요."

모두 바다에 풍덩 뛰어들어 열심히 오리발을 차면서 바다 한가운데로 헤엄쳐 나갔다. 나도 헉헉거리면서 따라갔지만 거북은 보이지 않고 바닷속에는 온통 산소통을 등에 멘 다이버들 뿐이고 종민은 자꾸 뒤처졌다.

"종민, 거북이 안 찾고 어디가?"
"난 저쪽 가서 놀래."

종민이 바다거북을 마다하고 무리를 이탈했지만 나는 열심히 녀석을 찾아다녔다. 20여 분을 바닷물에 머리를 박고 헤맨 끝에 드디어 장수의 실체를 발견했다. 1미터는 족히 넘은 바다거북이 유유히 움직이고 있었다. 수영을 잘하는 사람들은 바다 깊숙이 들어가서 거북이 등껍질을 만지고 왔다. 사람들이 바다거북을 보며 감탄하고 있는 중에도 종민은 혼자 멀리 떨어져 스노클링 삼매경에 빠져 있었다.

"종민, 내가 바다거북을 봤다고. 너도 봤지?"

배에 오르자마자 나는 흥분된 목소리로 종민에게 묻고 또 물었다. 잠시 후 종민은 심드렁하게 답했다.

"실은 나 안경이 없어서 바닷속이 잘 안 보여. 어차피 거북이가 내 앞에서 헤엄쳐도 못 보니까 저 멀리 가서 혼자 논 거야."

사실 배가 출발하기 직전 이런 사건이 있었다.

"도저히 못 끼겠어. 너무 오랜만에 껴서 왼쪽 렌즈는 눈앞에서 접히기만 하고 오른쪽은 들어갔는데 건조한지 자꾸 빠지네. 에잇, 포기다."

종민은 롬복에서 서핑을 하겠다며 일회용 렌즈를 방콕에서부터 사서 지니고 있었다. 다행히 오늘 그 렌즈를 가지고 나왔지만 10년 만에 껴 본다는 렌즈가 눈에 쉽게 들어갈 리 없었다. 아닌가? 10년 사이에 눈구멍이 작아지기라도 한 걸까? 그렇다. 안경이 없는 종민은 눈뜬장님이다. 렌즈는 낄 줄 모르고 수술은 무서우니 평생 안경잡이로 살겠다고 했을 때는 그러려니 했다. 하지만 바다 생명체의 아름다운 자태를 눈으로 보는 걸 포기하겠다니 안타까울 뿐이다.

"바다거북도 못 보고 수달도 못 보고. 눈이 그래서 어디다 써. 쯧쯧."
"걱정 마. 내가 바다거북을 만나야만 하는 사람이라면 언젠가는 만날 거야. 그러니까 이제 그만 좀 자랑하시지?"

일곱 번째 달
롬복 4

특이한 여자사람과 산다는 것

글 / 

책을 낸 후, 사람들의 반응이 궁금해서 종종 검색한다. 그러다 간혹 '케미 좋은 커플'이라는 표현이 눈에 들어오면 쑥스러워 죽겠다. 특히나 부부싸움을 거하게 한 날에는 더 그렇다. 사람들이 볼 때 우리는 쿵짝이 잘 맞아 보이나 보다. 물론 세계여행을 하면서 책도 펴낸 것을 보면 호흡이 잘 맞는 파트너이자 생산성이 높은 부부인 것은 사실이다. 그러나 우리는 뭐든 잘하는 커플이라고 의기양양할 때도 늘 이혼이라는 상황을 염두에 두고 있다. 관계가 위태위태해서 이혼을 생각하는 것이 아니라 서로가 절실히 필요하고 충분히 행복한 지금 이 순간에 반드시 깊이 생각해 봐야 하는 문제라고 생각하기 때문이다. 본격적으로 법원을 들락거린다면 그건 고민이 아니라 현실이니까 말이다.

결혼이 진짜 어려운 이유

머리 굵은 성인 남녀가 1년 365일 매일 붙어 있으면서 좋은 순간만 가득했노라고 말한다면 그건 거짓일 게다. 혹 정말 안 싸우는 커플이 있다면 상대방에게 무관심하거나 적당히 무시하고 있는 것은 아닌지 진지하게 생각해 볼 것을 권한다. 정말 부처와도 같은 마음을 지닌 커플도 세상 어딘가에는 존재하겠지만 세계를 여행하는 동안 그 어디에서도 만나지 못했다. 우리는 두어 달에 한 번씩 크게 싸운다. 어느 순간 이러다 진짜 이혼하겠구나 싶은 상황에 직면하는 것이다.

싸울 때는 내가 왜 이런 사람과 살아야 하는지 심각하게 고민하고 한국에 도착하면 집이 아니라 법원으로 먼저 달려가고 싶은 충동에 휩싸인다. 아니 당장 비행기 표를 사서 도장 찍으러 한국에 가자고 말하고 싶을 때도 있다. 하지만 마음이 조금 진정되면 이제껏 느껴본 적 없는 수치심이 몰려온다. 싸움의 시발점은 늘 아무것도 아닌 사소한 일이기 때문이다.

이제야 알게 되었지만 결혼의 가장 큰 난제는 혼수가 아니라 항상 나 아닌 다른 사람을 고려해야 하는 현실이다. 은덕은 왜 내가 먹고 싶은 것을 사 주지 않는 것인가? 내 다이어트를 위해서도 아니고 돈이 부족해서도 아니다. 내가 먹고 싶어 한다는 사실이 그녀의 의사결정에 아무런 영향을 주지 않는다는 것이 문제의 시작이다. 남자가 쪼잔하게 먹는 거로 싸우느냐고 한다면 그 순간만큼은 내게 세상 무엇보다 중요한 문제라고 말한다. 은덕은 자신의 욕망에만 충실한 사람이라 나에게도 욕망이 있으며 그 욕망에는 식욕이 포함된다는 사실을, 남편이라는 사람이 먹고 싶은 게 많은 사람이라는 사실을 인지시키는 데 너무나 많은 시간을 쓰고 있다. 이쯤 되면 알아차릴 법도 한데 내 아내는 어쩜 이럴까? 변함이 없다.

사랑해서 웃고 있습니다

은덕과 싸우는 이유는 내가 평범해서

"어머머. 이것 좀 봐. 내가 99퍼센트도 아니고 100퍼센트 특이한 사람이래."

얼마 전 은덕이 SNS에서 떠도는 심리 테스트를 본 후에 광분하며 외쳤다. 그 결과에는 너무 특이한 나머지 자신은 정상이라고 생각하지만 실상은 이상함의 정점인 사람이라고 적혀 있었고 마지막 문장에는 지금보다 더 비정상적인 것은 거의 불가능하다고 쓰여 있었다. 나도 테스트를 해 봤는데 97퍼센트의 평범함에 속하는 사람이란다.

우리가 싸울 때마다 은덕은 내게 넌 너무 특이해서 이해할 수 없다고 했다. 하지만 평범한 것은 나였고 극단적으로 특이한 것은 은덕이었다. 은덕은 그녀만의 세계에 살고 있으니 자신은 지극히 정상이라고 착각하고 있었던 것이다. 지극히 평범한 나와 너무나 특별한 그녀. 우리의 다툼은 어쩌면 서로 다른 우주를 바라보며 이야기했던 것이나 다름없을지도 모른다.

흔한 부부싸움의 현장

은덕과 카페에 가서 작업할 때, 음료를 기다리는 동안 숨을 고를 법도 한데 그녀는 앉자마자 작업 모드로 들어간다. 시동도 걸지 않고 바로 달릴 수 있다는 게 내 눈에는 신기할 따름이다. 은덕 특유의 극단적 실용주의는 효율성을 넘어 과정을 생략하고 바로 결론에 도달하는 묘기를 부린다. 목이 마를 때 뜨거운 국이 눈앞에 있으면 수저가 있어도 그릇을 들고 원샷을 하는 사람이 은덕이다. 대화하다가도 무언가 해야겠다는 생각이 들면 뒤도 돌아보지 않고 일을 처리하러 간다. 정말 대화를 딱 끊고. 게다가 집중하고 있을 때는 다른 건 전혀 보지 못한다. 어디 그뿐이랴. 인간관계는 너무나 편협하고 선입견도 심해서 어지간해서는 새로운 사람을 만나지 않는다. 그런데 또 마음에 드는 사람을 발견하면 간이고 쓸개고 다 꺼내 준다. 평범한 나를 만나 보편성을 얻었으니 망정이지 까딱했으면 히키코모리 혹은 사회성이 결여된 편협한 괴짜로 늙어갈 뻔했다. 하지만 그녀는 여전히 내가 특이하다 말한다.

우리의 여행이 모두 끝날 때쯤이면 내가 100퍼센트 특이한 사람과 산다는 것을 인정할 수 있을까? 아니면 특이한 그녀가 평범한 사람과 함께 사는 법을 배우게 될까? 사람들은 모를 것이다. 100퍼센트 특이한 사람과 함께 산다는 것이 어떤 의미인지를 말이다. 그나저나 나름대로 특이한 사람이라 생각하고 살았던 내가 97퍼센트의 평범함에 속한다는 사실에 조금은 서글퍼진다.

일곱 번째 달
롬복 5

아무짝에도 쓸모없는 여행자 한 세트

글 / 

A가 자신의 친구와 함께 폭포에 놀러 가자고 제안했다. A는 롬복에서 만난 현지인 친구인데 늘 환하게 웃어서 만나면 기분이 좋아지는 매력을 지녔다. 가볍게 따라나선 길은 유난히 덥고 멀었는데 앞으로 우리에게 닥칠 사건의 예고가 아니었을까.

"은덕, 햇볕이 꽤 뜨거운데 괜찮아? 그래도 오랜만에 도로를 달리니까. 마음은 즐겁네."
"추수 때가 되어서 그런가? 아니면 코에 바람 넣으러 가니까? 하하하."

가을의 입구에 들어선 롬복은 벼 수확이 한창이었다. A와 놀러 가는 길은 대지의 풍요로움까지 더해져 가슴 깊은 곳까지 맑은 공기가 닿는 듯했다. 하지만 그 맑았던 공기가 A의 말 한마디로 고추기름을 볶는 주방에서나 뿜어져 나올 법한 답답한 공기로 바뀌었다.

"위에서는 비싸니까, 여기서 음료수 좀 사는 게 어때? 그리고 나 기름 좀 넣어 줘."

기름을 넣어 달라니. 넣어 줄 수도 있지만 너무 당연하게 말하는 A의 태도가 당황스러웠다. 이때부터 A와의 즐거운 소풍은 이상한 방향으로 흘러가기 시작했다.

웃지 마, 웃지 마
남의 속도 모르면서 웃지 마

어딘가
수상한 친구

"폭포에 들어가려면 티켓이 있어야 하는데 우리 것도 사 줄 수 있지?"

A와 A의 친구까지 우리 일행은 총 4명. 입장료는 18만 루피아한화 약 1만 8,000 원였고 우리가 롬복에서 써야 하는 예산에 따르면 하루 치 생활비와 맞먹는 금액이었다. 입장료가 있다고 미리 말했더라면 무리해서라도 돈을 준비했거나 처음부터 갈 수 없다고 말했을 거다. 벌써 아침까지 사 준 데다 주유도 해 줬고 간식까지 책임지느라 돈이 한참 부족했다. 이런 우리의 사정을 아는지 모르는지 매표소 밖에서 천진하게 기다리고 있었다.

"A, 미안하지만 우린 돈이 많지 않아서 지금 있는 돈을 모두 털어도 이것밖에 안 돼. 하지만 매표소에 가서 깎아 줄 수 있는지 물어볼게."

하얀 이를 드러내며 환하게 웃었던 A가 입을 굳게 다물었다. A는 처음부터 다른 생각을 품고 우리에게 접근했던 걸까? 돈이 없다고 말하는 순간 우리는 아무짝에도 쓸모없는 여행자 한 세트가 된 기분이었다.

A를 처음 만났을 때 나는 해변에 서서 파도 타는 사람들을 구경하고 있었다.

"너도 파도 탈 줄 알아? 내 보드로 같이 탈래? 내려가자!"

A는 왜 처음 본 사람에게 함께 서핑을 하자고 했을까? 우연히도 내가 입었던 티셔츠에 파도 타는 사람이 그려져 있었기 때문이었을까? 아니면 다른 의도가 있었

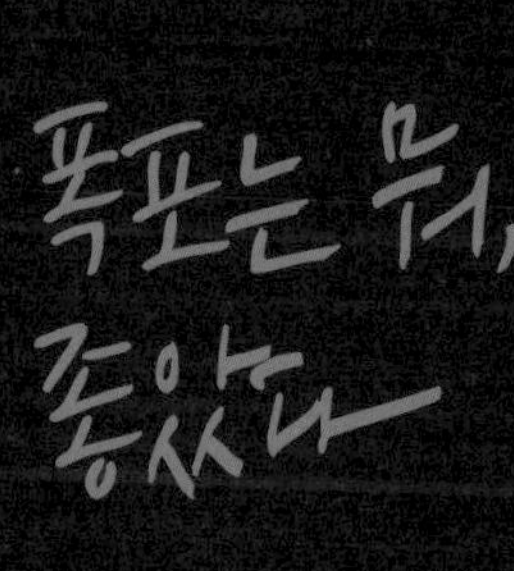
폭포는 뭐,
좋았다

던 것일까? A는 자신을 소개하면서 지금은 일거리가 없어서 놀고 있지만 얼마 전까지 트라왕간 섬에서 관광객을 대상으로 스노클링을 안내했던 사람이라고 했다. 롬복의 싼 물가에 주저 없이 지갑을 여는 관광객을 상대로 일했기 때문에 나와 은덕도 그런 부류 중 하나라고 생각했던 것 같다. 그러니 1리터에 700원 하는 기름값 정도는 부담 없을 거라고 생각했을 것이고 현지인의 도움 없이는 찾아오기 힘든 폭포까지 데리고 왔으니 당연히 입장료를 책임져야 한다고 여겼는지도 모르겠다. 결국 매표소에서 흥정에 성공해 폭포에 들어갈 수는 있었지만 어색해진 분위기는 헤어질 때까지 이어졌다.

휴식이나 관광을 위해서가 아니라 친구가 사는 동네를 찾아간다는 생각으로 여행했다. 현지인 친구를 사귈 때도 관광객이 아니라 이곳에서 살아가는 사람의 마음으로 다가가려고 노력했다. 현지인과 어울릴 기회가 있으면 마다치 않았는데 A와 우리는 목적이 달랐던 모양이다. A가 나쁜 것이 아니라 서로 생각이 달랐을 뿐이고, 마음을 표현하는 서로의 언어가 달라 오해가 생겼을 것이다. A도 나름대로 친절을 베푼 것이라 믿고 싶다.

우리는 A와 마을 입구에서 아무 일 없었다는 듯 헤어졌다. 그리고 집에 돌아오는 길, 은덕과 내가 여행하는 방법이 누군가에게는 아무짝에도 쓸모없는 것일지도 모른다는 생각에 고민이 깊어졌다. 우리는 한참이나 말없이 도로를 달렸다.

일곱 번째 달
롬복 6

내 아내는 둘이에요

글 / 

"한국 사람이에요? 여기서 뭐 하고 있는 거예요?"

얼굴은 인도네시아 사람인데 그의 입에서는 유창한 한국말이 튀어나왔다. 롬복 시내나 관광지가 아니라 촌구석이나 진배없는 동네에서 마주쳤으니 그도, 우리도 서로를 보고 놀란 토끼 눈이 될 수밖에. 헤르만은 8년 동안 한국에서 일했고 현재는 자카르타Jakarta에서 한국어를 가르치며 환전 사업을 하고 있었다.

헤르만과 간단하게 통성명을 하고 전화번호까지 주고받았지만 쉬이 연락할 수 없었다. 한국에서 외국인 노동자로 살면서 그가 혹시나 나쁜 경험을 했을 수도 있고 한국인에게 안 좋은 감정을 지니고 있을지도 모르니까 말이다. 외국인 노동자가 얼마나 열악한 환경에서 일하는지 얼마나 차별적인 시선을 받는지 나나 종민도 잘 알고 있었다.

"헤르만, 롬복에 대해 궁금한 게 많아요. 잠깐 이야기할 수 있어요?"

하지만 호기심을 이기지 못하고 그에게 연락했다. 그는 흔쾌히 우리를 자신의 집으로 초대했다. 걸어서 5분이면 도착하는 곳에 헤르만의 집이 있었다.

평화로운 롬복에서 펼쳐지는 사랑과 전쟁

아무리 다양한 결혼이 있다고 하지만

"이 사람은 나의 아내예요. 저 사람도 나의 아내이고."

골목 정자에 앉아 있는 여자도 헤르만의 아내, 집 마당을 쓸고 있는 여자도 그의 아내란다.

"저한테는 부인이 2명 있어요. 이슬람은 4명까지 아내를 둘 수 있어요."
"부인들이 서로 질투는 안 해요? 사이는 좋아요?"

이것이 말로만 듣던 일부다처제란 말인가? 헤르만은 우리에게 제일 먼저 이슬람의 결혼 제도와 이혼 과정에 대해 상세히 알려 주었는데 듣다 보니 이 나라의 이혼 제도가 기가 막힌다.

"통화도 아니고 문자로 이혼한다고 보내면 법적 근거가 된다니 너무하네요."

부인들이 서로 질투하거나 마음에 들지 않는 행동을 하면 남편은 부인을 여자의 친정으로 쫓아 보낼 수 있다. 그리고 이런 별거 과정을 세 차례 반복하면 최종적으로 이혼이 성립된다. 직접 만나지 않아도 부인에게 이혼이라는 문자를 보내면 별거가 성립된다는 말이 도무지 믿기지 않았다.

"요즘은 문자로 너무 쉽게 이혼을 한다고 종교청에서 문자 대신 얼굴을 직접 보고 말하라고 권해요. 하지만 그게 어디 쉽게 바뀌나요? 저도 부인에게 문자로 이혼을 통보하고 쫓아낸 적이 있어요. 여기서는 일상적인 일이에요."

"이혼이 이렇게 쉽다니……. 재결합도 하고 싶다면 언제든 할 수 있어요?"

이혼처럼 쉬울 줄 알았는데 재결합은 의외로 까다로운 절차를 거쳐야 했다. 세 차례 별거를 통해 최종 이혼한 부부가 재결합하기 위해서는 부인이 먼저 다른 남자와 결혼한 뒤 그와 이혼을 해야지만 본래의 남편과 재결합을 할 수 있다는 것이다. 아니, 이게 말인가 당나귀인가.

"그래서 어떤 사람은 재결합하고 싶을 때 부인을 다른 남자와 1시간 동안만 부부로 만든 다음 돈을 주고 이혼시키기도 하죠. 만약 부인이 그사이에 그 남자가 마음에 들면 전 남편과 재결합하지 않고 살기도 해요. 재미있죠?"

황당한 시트콤 같은 일이 일상에서 벌어지고 있다는 것이 놀라웠다. 헤르만의 말대로라면 인도네시아에서는 남자든 여자든 쉽게 결혼하고 헤어지기 때문에 인내하고 희생하며 살기보다는 당당히 자기 목소리를 내고 마음에 안 들면 쉽게 이혼을 선택한다.

"그럼 여자가 남자를 내쫓지는 못하나요?"
"그건 안 돼요. 왜냐하면 여기는 남자가 여자의 부모님에게 돈을 주고 신부를 사오는 개념이거든요. 그리고 그 돈으로 신부네 가족은 마을에서 성대한 잔치를 열어요. 결혼 지참금은 도시로 갈수록 비싸지죠. 우리 동네의 시세는 한국 돈으로 30~40만 원 수준이지만 시내로 가면 100만 원은 줘야 해요. 외국인이 인도네시아 여자랑 결혼할 때는 2배는 더 줘야 하고요."

헤르만과 결혼에 관해 이야기하는 동안 반나절이 훌쩍 지났다. 집중해서 듣는 우리가 마음에 들었는지 그는 솔직한 이야기를 들려줬고 이틀에 한 번씩 만나 롬복 골목을 누비며 인도네시아 문화에 관한 수다를 나눴다.

"종민, 인도네시아 여자들의 이야기도 직접 듣고 싶은데 한국어를 할 줄 아는 사람은 없겠지?"

"흐음, 우리가 인도네시아어를 배워서 다시 오는 게 빠르겠다. 이참에 인니어나 배워 볼까? 콜?"

일곱 번째 달
롬복 7

매운 고추, 롬복

글 / 

2년이 넘는 세계여행이 종지부를 향해 가고 있다. 그동안 우리의 여행 패턴은 첫 번째 주에는 동네를 둘러보고 두 번째 주에는 시내를 구경했다. 세 번째 주에는 주변 도시까지 범위를 넓혀서 여행한 뒤, 마지막 주에는 다음 목적지로 향할 준비와 지금 머물고 있는 곳을 추억하는 시간을 가졌다. 달팽이 껍질처럼 천천히 활동 반경을 넓혀가는 이른바 '달팽이 여행법'이다. 하지만 롬복에서는 조금 달랐다.

롬복에서 보내는 마지막 주, 여기서 만난 헤르만을 따라 땅을 보러 다녔다. 그동안 이 재미를 왜 모르고 살았을까 싶을 정도로 흥미롭고 유쾌했고 쏠쏠했다. 결혼하면서 '집으로 투기하지 않겠다'고 다짐했건만 해외 부동산을 보러 다니다니! 안심하시라. 투기 목적으로 땅을 보러 다닌 것은 아니었으니.

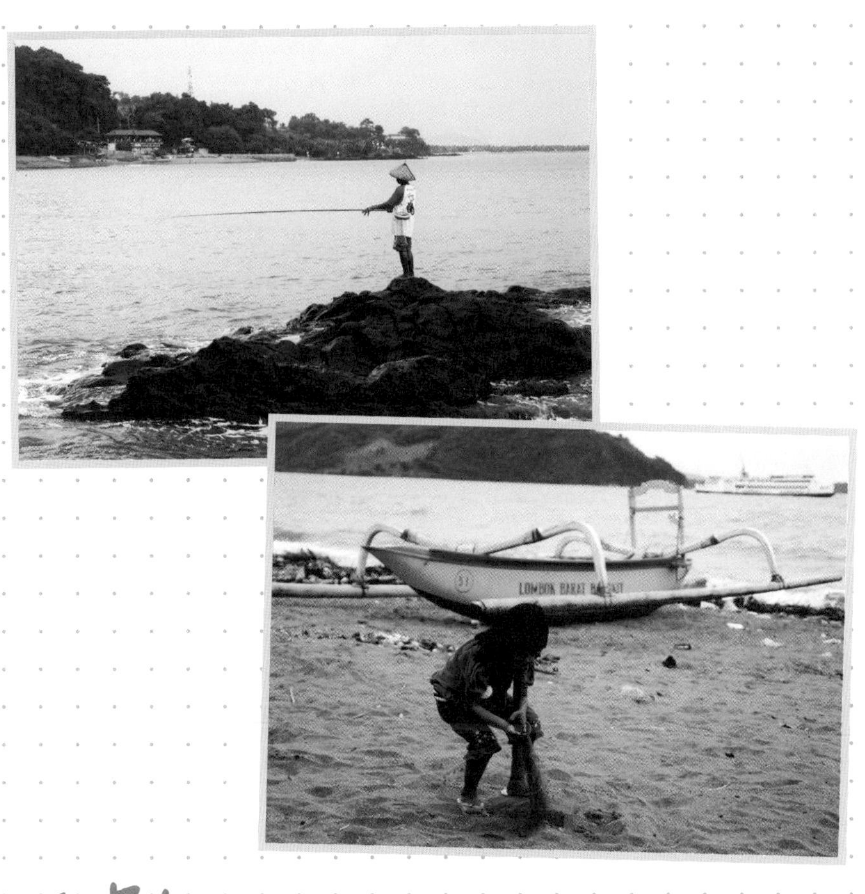

정말 여기서
살아 볼까?

우리의
막연한 꿈 이야기

"마음 맞는 사람끼리 십시일반 돈을 모아 외국에 나의 집(별장)을 만드는 거다.
20명이 모이면 각자 350평을 가질 수 있고 땅값으로 천만 원씩 내면 된다.
이후 그 땅에서 나무를 심거나 집을 짓거나 가축을 기르거나 하고 싶은 걸 하는 거다.
대안 공동 주거주택을 꼭 서울, 한국에서만 할 필요 있나? 이 프로젝트 꼭 해 보고 싶다."

/ 은덕의 SNS 중에서

나와 은덕은 결혼할 때 우리가 살아갈 방향을 사람들에게 선언했다. 구체적인 실천 계획도 사람들 앞에서 약속하며 활자로 남겼다. 세계여행도 그중 하나였다. 은덕과 내가 롬복에서 땅을 보러 다닌 이유도 결혼식 때 발표한 내용 중, 다섯 번째 항목이었던 공동체 만들기를 실천하기 위한 작은 시작이었다.

롬복은 꽤 적당한 장소였다. 이국적인 기후와 종교가 장벽이 될 수는 있지만 지리적 환경이 제주도와 비슷한 느낌이라 쉽게 적응할 수 있을 듯 보였다. 함께 살아갈 현지인도 친절하고 물가도 저렴하다. 문화적인 혜택이 조금 부족한 편이지만 그건 공동체를 꾸려나가면서 해결하면 될 문제였다. 은덕과 나는 온종일 '가능하다'와 '현실적으로 어렵다'를 주장하며 설전을 벌였다. 자칫하면 사기꾼이 될 수도 있기 때문에 조심스럽고 아직은 갈 길이 멀다. 하지만 천천히 계획해 나간다면 아주 불가능한 일은 아니라는 것이 우리의 생각이다.

롬복은 인도네시아어로 '매운 고추'라는 뜻이다. 나는 이 작은 섬에서 작지만 강한 공동체를 만들어서 매운 고추를 먹었을 때처럼 얼얼한 자극을 사람들에게 선물하고 싶다.

어디까지나 주관적이고 편파적인 롬복 한 달 정산기

＊ 도시 ＊

롬복, 인도네시아 /

Lombok, Indonesia

＊ 위치 ＊

끄끄리 Kekeri

(마타람 시내까지 오토바이로 20분 소요)

＊ 주거 형태 ＊

단독주택 / 집 전체

＊ 기간 ＊

2015년 3월 5일 ~ 4월 1일

(27박 28일)

＊ 숙박비 ＊

총 600,000원

(장기 체류 할인 적용,

1박당 정상 가격은 42,000원)

＊ 생활비 ＊

총 600,000원

(체류 당시 환율, 100루피아 = 8.5원)

＊ 2인 기준, 항공료 별도

＊ 종민 조용한 시골 마을, 아름다운 나의 별장에서 쉬고 싶은 로망이 있는 이들에게는 더없이 훌륭한 숙소일 거야. 단 근처 편의시설이 없고 온갖 곤충의 공격과 낯선 기도 소리에 익숙해져야 하지.

＊ 은덕 시도 때도 없이 들리는 이슬람교 특유의 기도는 처음에는 당황스럽지만 2~3일 이후에는 신경이 쓰이지 않았어. 소음에 예민한 사람이라면 관광객이 많은 승기기에 호텔을 잡는 게 좋을 거야.

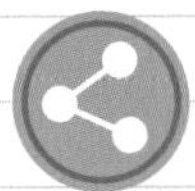

만난 사람: 10명 + α

뛰어난 호객 기술로 우리를 낚은 스노클링 매표 직원, 폭포에 함께 놀러 간 현지인 친구 A, 놀라운 한국어 실력을 지닌 헤르만과 그의 아내들.

방문한 곳: 4곳 + α

땅 보러 다닌 시골 마을들, 거북이를 보여 줬던 섬 삼 형제, 길리 메노, 길리 트라왕간, 길리 에어.

8

여덟 번째 달 / 타이베이

우리 인생의
순우 시절

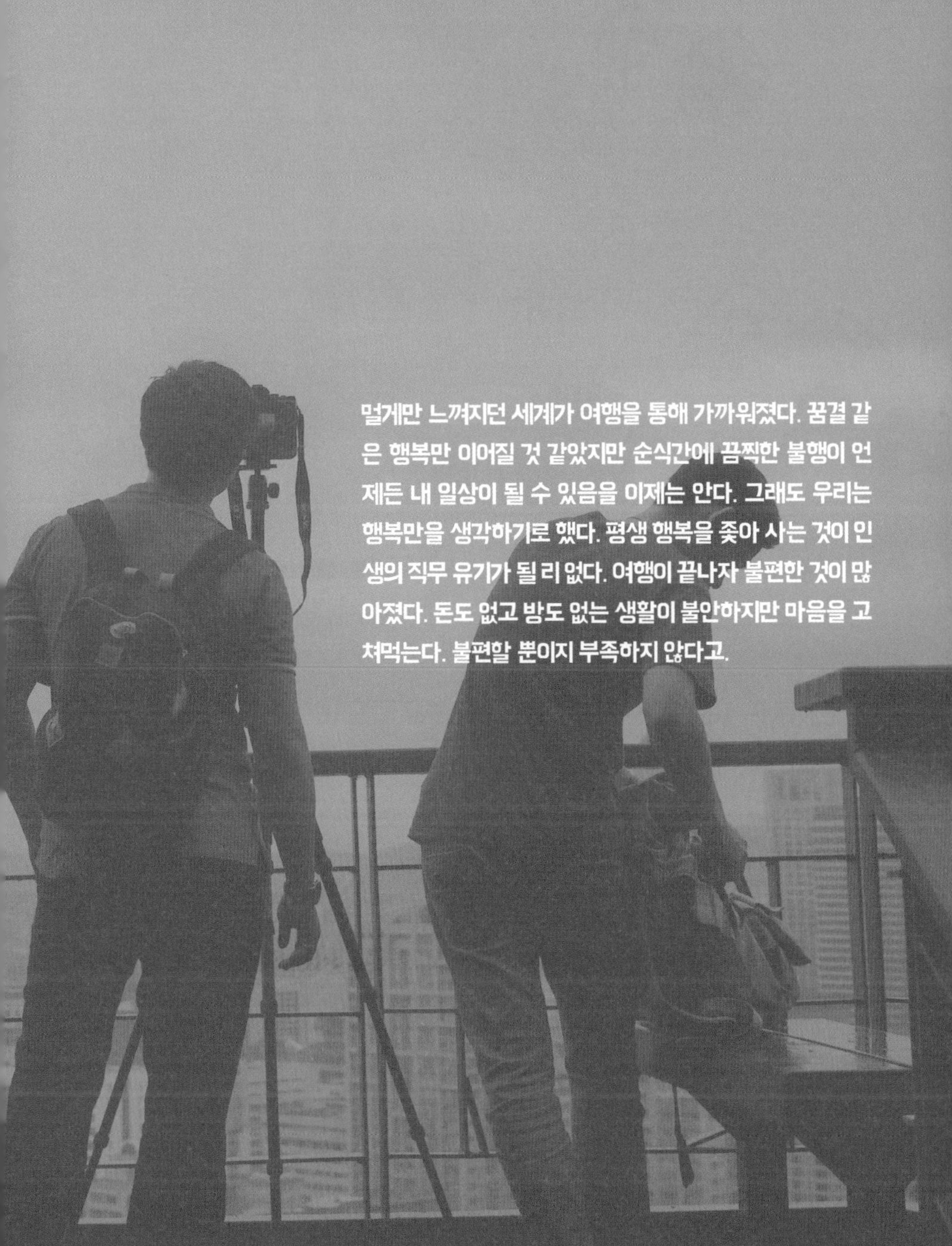

멀게만 느껴지던 세계가 여행을 통해 가까워졌다. 꿈결 같은 행복만 이어질 것 같았지만 순식간에 끔찍한 불행이 언제든 내 일상이 될 수 있음을 이제는 안다. 그래도 우리는 행복만을 생각하기로 했다. 평생 행복을 좇아 사는 것이 인생의 직무 유기가 될 리 없다. 여행이 끝나자 불편한 것이 많아졌다. 돈도 없고 방도 없는 생활이 불안하지만 마음을 고쳐먹는다. 불편할 뿐이지 부족하지 않다고.

칭다오
Qingdao

황해
Yellow Sea

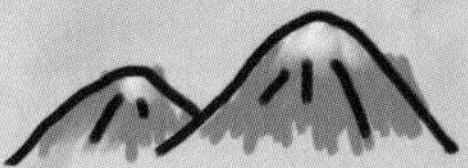

난징
Nanjing

상하이
Shanghai

중국
China

푸저우
Fuzhou

타이베이
Taipei

서울
Seoul

대한민국
Korea

일본
Japan

후쿠오카
Fukuoka

구마모토
Kumamoto

동중국해
East
China Sea

여덟 번째 달
타이베이 1

이런 만두는 처음이에요

글 / 

롬복에서 아침 9시에 출발한 비행기가 새벽 1시에 타오위엔공항Taiwan Taoyuan International Airport에 도착했다. 총 비행시간은 7시간, 쿠알라룸푸르를 경유하는 비행기라 시간은 오래 걸렸고 몸은 고됐지만 도시로 간다는 생각에 설렜다.

4월의 봄 날씨를 기대했지만 타이베이Taipei는 온몸에 물기가 달라붙는 듯한 습한 날씨였다. 더운 날씨가 짜증이 날 법도 했지만 롬복과 비슷한 날씨인 게 오히려 반가웠다. 다른 도시로 이동하면서 계절이 바뀌거나 온도 차가 나면 내 비루한 몸은 견디지 못하고 꼭 탈이 났다. 타이베이가 롬복과 비슷한 날씨인 것은 천만다행이었다.

101타워Taipei 101, 타이베이국제무역센터로 사용 중인 초고층 빌딩으로 타이베이의 랜드마크 근처에 있는 숙소를 찾아가기 위해 우리는 버스를 타고 이동했다. 적막한 새벽, 창밖으로 보이는 네온사인과 아스팔트 그리고 마천루의 풍경이 반가웠다. 롬복의 푸르름과 한적함이 아무리 좋아도 나는 본디 타고난 도시 여자다. 공기는 탁하고 교통은 어지럽고 삶의 리듬이 도시의 속도를 따라서 빠르게 돌아가도 나는 타이베이의 매연과 오토바이와 자동차로 뒤엉킨 풍경에서 편안함을 느꼈다.

매연이 반가운 나란 여자, 도시 여자

맛으로 유혹하는 도시,
타이베이

한 달에 한 도시씩 살아 보는 여행의 마지막 도시, 타이베이에 도착했다. 그동안 우리가 지나온 도시는 총 38곳. 함께 고른 곳도 있고 각자의 취향을 반영해 여행할 도시를 선택했다. 내가 선택한 도시는 대체로 평타를 쳤지만 종민이 고른 도시는 모 아니면 도였다. 그가 선택한 이스탄불과 테헤란에서는 평생 함께하고 싶은 새로운 가족을 만났고 멘도사와 몬테비데오는 늘 그리운 도시가 되었다. 그렇지만 아순시온과 만달레이는 떠나는 순간까지도 매력을 느끼지 못했다. 종민이 타이베이를 선택할 때 나는 아시아에서는 방콕만 한 곳이 없다며 비행기를 타는 순간까지도 그의 선택을 불신했다. 보나 마나 중국 냄새로 가득한 엉망진창인 도시에 데려가겠지 싶었다. 하지만 타이베이는 맛의 도시라 부르고 싶을 만큼 어디나 풍미 넘치는 음식들로 가득했다.

"종민, 뭐야? 원래 만두가 이런 맛이었어?"
"중국이나 홍콩에서도 만두는 먹을 만큼 먹어봤는데 여기는 정말 손에 꼽을 정도로 맛있다."

우리 숙소가 있었던 상가 건물에는 현지인이 줄을 서서 먹는 샤오롱빠오小籠包, 중국 양쯔 강 이남 지역에서 처음 만들어 먹기 시작한 만두의 한 종류 가게가 있었다. 이렇게 육즙이 좔좔 흘러 넘치는 만두를 처음 봤던 터라 새로운 맛의 경지를 체험했다. 처음 종민이 타이베이를 고르더니 알 수 없는 미소를 지었는데 이곳에 도착한 첫날부터 그 의미를 알 것 같았다. 이 도시는 먹지 않고는 배길 수 없는 곳이고 식탐 있는 도시 여자인 나는 타이베이가 너무 좋아서 종민에게 이곳으로 데려와 줘서 고맙다고 연신 고개를 숙였다.

손대면 톡하고 육즙이 터지는 그대

아침에 눈을 뜨자마자 식당이 열리는 시간까지 주린 배를 잡고 기다렸다. 문이 열리자마자 달려가서 밥을 먹었다. 기름진 음식에 속이 더부룩해졌지만 혀를 감싸는 천상의 미감을 놓칠 수 없어서 꾸역꾸역 밀어 넣었다. 양껏 먹은 다음 편의점으로 달려가서 탄산음료를 마시면서 빵빵해진 배에서 기름기를 제거했다. 그리고는 또 달려가서 맛있는 음식에 혀를 맡겼다.

2년 전, 세계여행을 처음 시작했던 쿠알라룸푸르에서 12시에 정확하게 문을 열었던 식당에 가기 위해 신발 끈을 묶었던 때가 떠올랐다. 요즘 우리는 오전 11시에 문을 여는 식당 시간에 맞춰서 집을 나선다. 종민은 타이베이 여행이 아직 끝나지 않았기 때문에 이 도시를 평가하기 이르다고 했지만 나는 직감적으로 알 수 있었다. 이곳은 이미 만루 홈런이다. 맛으로 유혹하는 도시, 타이베이에서의 한 달이 시작됐다.

여덟 번째 달
타이베이 2

중국어 계약서에 도장 찍고 싶어라

글 / 

현지에서만 볼 수 있는 독특한 책을 찾는 재미에 어느 도시든 서점에 간다. 하지만 타이베이에서 서점을 찾아간 데는 다른 이유가 있었다.

"우리 다음 주에 만나기로 한 출판사 책 좀 찾아볼까?"

타이베이에서는『한 달에 한 도시』의 번역과 출판에 관한 미팅이 3건이나 잡혀 있다. 이 미팅의 시작은 아시아 여행을 준비하던 1년 전으로 거슬러 올라간다.

"너 중국어도 하고, 전 직장에서 국내 도서 수출지원 업무도 해 봤다며! 대만에 가서 그 실력으로 우리 책 좀 팔아 보자!"
"야! 나더러 해외 판권 계약을 따오라는 거야? 그것도 중국어로 협상해서? 여행인데 나도 좀 편하게 다니면 안 되냐? 나한테만 독하게 구는 이유가 뭔데!"

한 달에 한 도시를 살아보는 여행의 마지막 장소로 타이베이를 정하고 난 뒤부터 은덕은 고집을 부렸다. 해외에서 우리 책이 팔리면 좋은 거 아니냐며 틈날 때마다 나를 달달 볶았다. 아무리 중국어를 배웠다고 해도 부족한 실력이다. 10년 동안 쓰지 않아서 녹슨 칼을 들고 적진으로 달려들라니 겁이 날 수밖에.

책의 향기는
어디서나 비슷하게 흐른다

이곳에 도착할 때까지 잊을 만하면 판권에 관한 이야기를 투닥투닥 주고받았다. 결국에는 은덕의 말대로 한번 부딪혀 보자는 결심이 섰다. 어렵사리 대만 출판사의 연락처를 몇 군데 얻어서 메일을 보내기 시작했다. 작가가 직접 출판사로 찾아가겠다고 하니 부담스러울 만도 한데 흔쾌히 방문을 허락해 주었고 우리는 감사의 뜻으로 롬복에서 소소한 선물을 준비했다.

두근두근
출판 미팅

물론 원하는 바가 있었지만 대만 출판사는 어떻게 생겼는지 구경이나 해 보자는 마음이 컸다. 그런데 미팅을 진행하면서 점점 진지해지는 분위기를 감지했다.

"음. 대만 사람은 한국에 관심이 많아요. 지금 말한 아이템은 저희도 관심이 가네요. 참, 종민 씨, 중국어로 글 쓰는 것도 가능해요?"
"종민 씨는 나랑 계속 메일을 주고받았는데 아무 문제가 없었어요. 이번 기회에 중국어로 책 한 번 내 봐요."

회의실에서 이야기를 나누는 동안 그들의 눈빛이 변했고 책을 가져와서 우리의 아이디어와 비교하기도 했다. 물론 우리가 손님이니까 적당히 맞장구를 쳐 준 것일 수도 있지만 회의 내내 긍정적인 에너지를 느꼈다.

타이베이에 도착한 순간부터 이곳에 오래도록 머물고 싶다는 생각이 강렬했다. 방값도 알아봤고 비자 문제도 확인하면서 이곳에서 사는 방법을 고민하고 있다. 혹시나 이 프로젝트가 잘 진행된다면 6개월이나 혹은 1년 넘게 체류하면서 책도 쓰고 중국어도 다시 공부하고 싶다.

"종민, 기억나? 우리가 처음에 에어비앤비로 한 달에 한 도시씩 여행한다고 했을 때 사람들은 무슨 그런 여행이 있느냐며 별 관심을 두지 않았어. 대만에서 책을 내는 것 역시 지금은 무리일지 모르지만 안 되리라는 법도 없어. 그러니 차근차근 스텝을 밟아 보자고."

여덟 번째 달
타이베이 3

두려움 없는 사랑

글 / 

지인으로부터 영화제의 홍보팀장을 해 볼 생각이 없느냐는 연락을 받았다. 한국에 돌아가서 손가락만 쪽쪽 빨 우리의 처지를 생각해 준 고마운 제안이었다. 종민도 지인으로부터 중국에서 함께 사업을 해 보자는 제안을 받았다. 2년 넘게 세계를 떠도는 우리를 잊지 않은 사람들이 무척 고마웠지만 정중하게 모두 거절했다.

"은덕, 너 한국 가서 다시 직장 생활할 수 있겠어?"
"으아아, 생각만 해도 끔찍하다. 조직에 속해 있지 않더라도 하고 싶은 걸 하면서 살 수 있다는 걸 알아버렸는데 어떻게 돌아가?"

돈도 없고 살 집도 없는 주제에 겁도 없이 좋은 기회를 걷어찼다.

아침에 만난
지진

2년 동안 우리는 서로가 세상의 전부였다. 지나치게 보편적인 종민은 너무나 특이한 나를 통해 세상에는 다양한 사람이 있다는 것을 배웠고 나 역시 모든 사람이 나와 같지 않다는 것을 배웠다. 우리 두 사람은 여행하면서 싸우고 화해하며 서로를 이해하고 인정하게 되었지만 타인과의 관계는 정체되어 있었다. 종민은 자신이 섬이 되어간다고 말했고 나도 점점 고집이 세지고 있음을 느꼈다.

한국에 돌아가면 가장 두려운 것이 타인과의 관계 맺음이었다. 외떨어진 섬처럼 살아가던 우리였는데 이제 얼마 뒤면 섬과 육지를 연결하는 다리가 놓이고 섬 안으로 사람들이 몰아닥칠 것이다. 상상만 해도 혼란스럽고 피곤하다. 어쩌면 그 상황을 참지 못하고 도망치듯 다시 비행기에 오를지도 모른다.

"종민, 다시 여행을 떠난다면 도피성 여행이 아니라 세계여행을 처음 떠날 때처럼 차근차근 계획을 짜서 떠났으면 좋겠어. 아니면 집필을 위한 여행이거나."
"나도 다시 떠나고 싶은 마음이 굴뚝이야. 우리 잘 준비해서 또 다른 세상을 만나러 가자."

원 없이 여행했으니 한국에 돌아가면 제대로 정착할 생각을 해야 마땅한데 또 다른 여행을 꿈꾼다. 혹자는 속 편한 생각이라고 할지도 모르겠다. 우리가 이런 생각을 하게 된 배경에는 아침에 있었던 진도 6.3의 지진도 영향을 미쳤다. 당장 내일 어떻게 될지도 모르는 인생임을 깨닫게 된 순간이었다. 평생 행복을 좇아 사는 것이 인생의 직무 유기가 될 리 없다.

지진이 났던 아침은 모든 재난영화가 그렇듯 다른 날과 다를 바 없었다. 먼저 잠

이 우주에 우리 두 사람만

에서 깬 종민은 거실에 앉아 있었는데 처음에는 지하철이 지나가는 듯한 떨림이 느껴졌을 뿐이라고 했다. 그 미세했던 떨림은 12층 아파트가 세찬 바람에 흔들리는 대나무 가지가 되어 좌우로 흔들리는 듯한 묵직한 움직임으로 변했고 부엌에 있는 그릇들이 비명을 지르기 시작했다. 어디선가 나타난 거인이 건물을 잡고 흔드는 기분이었다.

이대로 죽을지도 모른다는 생각이 들었다. 움직일 수 없을 정도로 흔들리는 방 안에서 만약 지금 죽는다면 종민의 옆에 있어야겠다는 생각이 들었다. 당장에라도 지붕이 내려앉을 것 같은 상황에서 나는 두려움을 뚫고 종민을 향해 달려갔다. 거실까지 달려가는 10초가 1시간, 영원처럼 느껴졌다. 종민의 눈빛도 두려움으로 흔들렸지만 침착하게 나를 꼭 껴안아 주었다. 두렵지만 함께 있으니 견뎌볼 수 있지 않겠느냐는 믿음의 눈빛이었다. 우리 두 사람은 고립되어 있다고 해도 좋았다. 우주에 두 사람밖에 없다고 해도 좋았다.

종민은 우스갯소리로 너와 나는 뇌가 연결되어 있다고 말한다. 한 사람만으로는 온전치 못하니 꼭 둘이 함께 있어야 한다는 뜻이기도 했다. 이렇듯 서로에게 절대적으로 의존하니 두려운 것이 사실이다. 자의든 타의든 헤어지게 되는 순간, 나는 지구에서 먼지처럼 사라질지도 모른다. 그렇지만 이제는 서로가 전부인 지금이 불안하지 않다. 오히려 더 최선을 다해 서로를 바라봐야겠다는 생각이 든다.

"종민, 사랑이라는 게 언제 사라질지 모를 일이니 후회 없이 사랑하고 최선을 다해 싸우자."

여덟 번째 달
타이베이 4

아이고,
잘생긴 오빠

글 / 

한국으로 돌아갈 날이 고작 열흘 앞으로 다가왔다. 은덕의 혼잣말도 늘고 있다.

"살 빼야 하는데…… .이 두꺼운 팔뚝은 어디다 쓰고, 또 빵빵한 종민이 뱃살은 뭐에 쓴담."
"은덕, 운동은 지금부터 하면 돼지, 왜 한국 가서 한다는 거야? 그리고 난 지금부터 다이어트하겠다는데 반대하는 이유는 또 뭐야? 도대체 이해가 안 된다."

은덕은 귀국을 앞두니 지난 2년 동안 방치했던 지방이 신경 쓰이는 모양이다. 그런데도 다이어트는 한국에서 하겠다는 그녀다. 살은 빼고 싶지만 타이베이에서 누리는 먹는 즐거움은 버릴 수 없다는 것이다. 그래, 그 마음은 이해가 된다. 여긴 음식의 천국, 대만이 아니던가!

세상을 다 얻은 것 같던 한 마디

10년 전, 중국에 있을 때 나는 하루빨리 중국어를 유창하게 쓰고 싶은데 도통 늘지 않아서 답답했었다. 우리 말에는 없는 성조를 익히려니 어색하기만 했고 현지인의 말투가 내 입에서 나오는 것과 너무나 달라서 창피한 마음에 움츠러들었다. 실력은 제자리를 맴돌았다.

"아이고, 슈와이거帅哥, 직역하면 잘생긴 오빠. 여기 사람도 아니라며 뭐 이렇게 중국어를 잘해?"
"뭐, 이 정도 가지고 그러세요. 하하하!"

그러던 어느 날, 시장에서 건어물을 팔던 아줌마가 나를 칭찬했다. 외국인을 만날 기회가 적었던 분이라 비교 대상이 없어서 그랬겠지만 나는 그 한마디에 세상을 얻은 것처럼 어깨가 으쓱해졌다. 학교에서는 여전히 하수였지만 시장에만 오면 자신감이 생겼다. 하루에 한 번씩 시장에 들러서 이것저것 물어보고 상인들이 내 말을 알아들으면 입이 귀까지 찢어져서 없는 돈에 한 봉지씩 시장 물건을 사 오곤 했다. 어쩌면 상인들이 별 볼 일 없던 내 중국어 실력을 칭찬했던 것은 사탕발림을 하면 할수록 물건을 많이 사간다는 것을 일찌감치 파악했기 때문일지도 모르겠다.

"타이베이에서 네 덕을 톡톡히 보네. 후미진 맛집에서도 메뉴판 없이 주문을 척척 하니까 얼마나 편한지 몰라."

타이베이에서 다시 중국어를 쓰니 옛 추억이 많이 떠오른다. 은덕은 고작 식당에서 주문만 해도 감탄하고 있다. 웬만해서는 칭찬하지 않는 그녀가 칭찬하는

슈와이거, 슈와이거

걸 보니 10년 전처럼 어깨가 으쓱해진다. 어쩌면 은덕도 10년 전 중국 상인들이 그랬던 것처럼 칭찬을 쏟아내며 더 맛있는 식당을 찾으라는 무언의 압박을 하는 것인지도 모르겠다.

예전보다 영어나 중국어가 쉽게 나온다. 길을 걷다가도 궁금한 게 생기면 지나가는 사람을 툭 잡고 물어본다. 그저 되는 대로, 내 발음이 이상해서 못 알아들으면 몇 번이고 다시 설명했다. 완벽해야 한다는 마음의 짐을 내려놓으니 하나씩 쉬워지고 있다. 여행이 내게 준 선물은 언어 능력이 아니라 뻔뻔함, 좋게 말하면 조금 더 담대해진 마음의 성장이 아닐까?

그나저나 며칠 전에도 식당 아주머니가 나를 슈와이거라고 불렀다. 이제는 안다. 슈와이거란 중국어권에서 잘 모르는 남자를 부를 때 쓰는 관용어라는 사실을. 그렇지만 나는 또 고개를 돌려 미소를 지었다. 이런 상술에 어찌 마음이 흔들리지 않겠는가!

여덟 번째 달
타이베이 5

은덕의 D-1

글 /

내일이면 2년 만에 한국에 들어간다. 그렇지만 출판을 앞둔 원고도 다시 봐야 하고 대만 출판사와 마지막 미팅도 남아 있다. 그리고 여행의 시작부터 함께했던 블로그에도 마지막 글을 발행해야 한다. 쌓여 있는 일도 일이지만 현실로 돌아갈 생각을 하니 마음이 무겁다. 통장 잔고가 바닥인 상태에서 무엇을 할 수 있을지, 당장 살 곳은 부모님 집에서 해결한다 해도 차비와 용돈부터 마련해야 할 텐데 그건 또 어떻게 벌어야 할지. 한국에 돌아갈 생각을 하면 내 능력으로는 감당할 수 없는 거대한 돌덩어리가 저 하늘 위에서 날아오는 것 같다.

우리보다 앞서 세계여행을 하고 다시 한국에 정착한 사람들은 어떤 모습으로 사는지 궁금했다. 여행하면서 만난 사람들과 블로그를 통해 알게 된 사람들의 상황을 알아봤다. 우리와 처지가 비슷한 젊은 부부는 2년간 세계여행을 한 뒤 월세집을 구해 살다가 남편이 외국에서 직장을 구해 한국을 떠났다. 또 다른 장기 여행자는 여행이 끝나자 한국이 아니라 호주로 향했다. 한국에 정착하기 위한 돈을 벌기 위해서였다. 여행 중에 만난 대학생은 아르바이트를 하며 새로운 여행을 계획하고 있었다. 그렇다면 우리는 어떻게 살아야 할까? 여행이 한낱 아름다웠던 과거가 되지 않기 위해서 무엇을 해야 할까? 여행이 가르쳐 준 가장 큰 가치가 무엇인지 떠올린다면 한국에서 살아가는 방식을 결정할 수 있지 않을까?

Liberté, égalité, solidarité!

여행이 내게
가르쳐 준 것들

여행하면서 마음 한구석이 늘 찜찜했다. 우리만 맛있는 걸 먹고 좋은 걸 보며 행복하게 사는 것이 무슨 의미인가 싶을 정도로 한국에서 안 좋은 소식이 연이어 들려왔다. 여행이라는 환상을 좇아 유랑하고 있지만 결국 내가 발 딛고 서 있는 땅은 그곳이 어디든 대한민국이라는 사실이 여행 내내 나를 따라 다녔다.

마지막이 다가온 지금에서야 조금은 무겁고 힘든 이야기를 꺼낼 수 있을 것 같다. 5년 전, 아버지가 석연치 않은 이유로 갑자기 돌아가셨을 때 주변 사람들은 의료사고 가능성을 제기했다. 변호사를 찾아서 소송을 걸고 진실을 밝히기 위해 싸우기보다는 묻어 두는 쪽을 택한 것은 나였다. 종민의 의사 친구를 찾아 대전까지 갔지만 소송을 준비하기 위해서가 아니었다. 진료과정에서 아무런 이상이 없었다는 말을 듣고 싶어서였다. 한시라도 이 석연치 않은 사건은 덮고 내가 살던 평화로운 세계로 돌아가고 싶었다. 나는 가족을 잃었음에도 비겁한 선택을 한 거다. 그만큼 빨리 잊고 싶었고 다 잊었다고 생각할 때, 세월호 사건이 터졌다. 세월호의 유가족들은 나처럼 비겁하지 않았다. 세월호 이야기는 지겹다는 사람들의 잔인한 무관심 속에서도 여전히 진실을 밝히기 위해 싸우고 있다.

내 몸이 발 딛고 있을 곳은 한국이지만 내 영혼은 지구 어디에서도 머물 수 있는 세계시민 중 한 사람이라고 생각한다. 타이베이에서 겪은 지진으로 나는 잠시 죽음의 공포를 경험했을 뿐이지만 네팔에서는 지옥이 펼쳐지는 중이었다. 우리가 트래킹을 하며 한 달간 머물렀던 네팔은 종민과 내게 각기 다른 추억을 안겨 준 곳이다. 종민은 카트만두의 무질서와 매연으로 지쳐 버렸고 고산증으로 괴로워하다가 트래킹을 중단했던 기억 때문에 다시는 가고 싶지 않은 곳이라고 했다. 물론 나도 네팔에서 머물렀던 시간이 힘들었지만 멋진 일행과 히말라야를 걸었던 추억이 있기에 아름다운 곳으로 기억하고 있다. 그런데 네팔이 지진으로 무너졌다. 신이 정말 있다면 이렇게 가난한 나라에 이토록 끔찍한 재앙을 준 이유가 무엇인지 묻고 싶다.

얼마 전 프랑스어로 'Liberté자유, égalité평등, solidarité연대'를 팔에 새겼다. 종민은 '지덕체智德體'처럼 촌스러운 문구로 타투를 하느냐며 말렸지만 이 세 가지는 앞으로 살아가면서 내가 잊지 않기를 바라는 신념이다. 넓게만 느껴졌던 세계가 여행을 통해 좁아졌고 지금의 불행이 나나 내 가족의 일은 아니지만 언제든지 나의 일이 될 수 있음을 알게 되었다. 혼자 추는 춤이 아니라 곁에서 울고 웃으며 함께 춤추는 세상을 꿈꾼다. 어쩌면 이것이 내가 2년 동안 세계를 여행하면서 건진 수확이자 교훈이 아닐까. 4월의 끝자락, 나는 한국에 간다.

여덟 번째 달
타이베이 6

종민의 D-1

글 / 

지난 2년간, 매주 블로그에 글을 연재했고 여행의 마지막 날 100번째 매거진을 발행했다. 이 숫자는 여행을 시작할 때 계획했던 그대로였다. 평생 한 번도 꾸준히 글을 써 본 적 없는 우리가 노트북과 씨름했던 770일은 지독하고 치열한 시간이었다. 서로가 쓴 글을 읽으며 더 잘 쓰고 싶은 마음에 서로를 비난하기도 했고 채찍질도 마다치 않았다. 다 포기하고 싶을 만큼 힘들었지만 그렇게 남긴 기록이 이제는 우리를 대변하고 있다.

“서울에서 내는 한 달 월세면 어느 도시에서도 먹고 살겠네?”

월세 폭등을 다룬 뉴스를 보다가 무심코 내뱉은 말이 여행의 시작이었다. 지난한 밥벌이를 하며 무기력한 날을 보내던 나는 무의식적으로 감춰둔 욕망을 표출했던 것 같다. 내 말을 조용히 듣던 은덕은 가만히 일어나서 통장과 여권을 들고 나왔다. 통장 잔고는 두 사람이 당분간 굶지 않을 만큼 있었고 무엇보다 갚아야 하는 카드 할부와 대출이 없었다. 전세금까지 더해서 2년 동안 한 달에 한 도시씩 여행하면 가고 싶은 곳은 다 갈 수 있다는 계산이 나왔다. 그렇게 우리는 여행을 떠났고 모든 것이 잘 될 것이라는 막연한 생각 하나로 여기까지 왔다. 지금 생각하면 대책 없는 행동이었지만 이룬 것이 더 많았다.

여행은
현실이다

“왜 우리는 강도도 안 만나고, 가방을 통째로 잃어버려서 고생하는 스토리가 없을까? 사건사고가 필요해!”

수없이 읽었던 여행기에 등장하는 사건이 우리에게는 벌어지지 않았다. 고작 길을 걷다가 내 어깨에 새똥이 떨어진 것이 가장 뜻하지 않은 사건이었으니 이 얼마나 순조로운 여행인가? 우리는 그저 치열하게 싸웠고 여행하며 만난 사람들의 일상을 조금씩 엿보았을 뿐이다. 어쩌면 여행은 장밋빛 환상도 아니고 동화 속 이야기도 아닌 우리가 살아가는 현실임을 말하고 싶었던 것 같다.

“내 생에 다시 이런 시간이 찾아올까? 더할 나위 없이 행복했어. 그렇지?”
“응. 후회는 없지만 내일이 귀국이라니 어떻게 살아가야 할지 막막하네. 당장은 부모님 집에서 살면 되겠지만…….”

여행의 마지막 밤, 결국 은덕은 눈물을 보였다. 아련함과 애틋함으로 가득했던 추억은 이제 현실과 만나야 한다. 어쩌면 긴 여행을 끝내는 마지막 밤은 이런 느낌이 적당할지도 모르겠다. 나 역시 두렵기는 마찬가지다. 그동안 애써 외면했지만 슬그머니 어깨 위로 현실의 무게가 느껴졌다. 앞으로 살아갈 인생은 한 번도 지나쳐 본 적 없는 길로 가득해서 두렵기만 하다. 먼저 지나간 사람들의 흔적이라도 찾아보면 좋을 텐데 그 길을 알려주는 이가 없다. 결국 우리가 끝까지 가봐야 한다. 그래야 나와 은덕이 걸어갈 여정이 지름길인지 쉬운 길을 두고 돌아왔는지 알 수 있을 것이다.

여행하면서 빈털터리가 됐고 서울에서 다시 시작을 준비한다. 막막했지만 한국

내 친구이자 전우이자 형제이자 배우자

에 정착하는 과정도 여행처럼 생각하기로 했다.

“세계를 돌아다녔잖아. 그럼 뭔가 남은 게 있지 않아? 뭘 얻은 것 같은데?”

은덕과 달리 나는 마땅한 대답을 내놓지 못한다. 유학을 다녀온 것도 아니고 그저 조금 긴 여행을 다녀왔을 뿐인데 무얼 배웠다고 말할 수 있을까? 하나 분명한 것은 은덕과의 관계가 달라졌다는 것이다. 배우자였던 그녀가 한 살 터울의 형제처럼 느껴지고 생사고락을 함께한 전우가 되었다. 또 함께 일을 할 때는 둘도 없는 파트너고 무엇보다 그녀는 지금 나의 가장 좋은 친구다.

우리의 여행은 끝났다. 그리고 오래되고 좋았던 날이 우리 마음속에 남았다.

어디까지나 주관적이고 편파적인 타이베이 한 달 정산기

*** 도시 ***

타이베이(대만) /

Taipei, Taiwan

*** 위치 ***

광푸난루 Guangfu South Road

(국부기념관까지 도보로 10분 소요)

*** 주거 형태 ***

아파트 / 룸 쉐어

*** 기간 ***

2015년 4월 1일 ~ 4월 29일

(28박 29일)

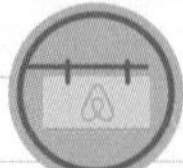

*** 숙박비 ***

총 590,000원

(장기 체류 할인 적용,

1박당 정상 가격은 40,000원)

*** 생활비 ***

총 1,160,000원

(체류 당시 환율, 1대만 달러 = 35원)

* 2인 기준, 항공료 별도

*** 종민** 여행의 마지막 숙소 역시 훌륭했지? 중심지에 있어서 웬만한 곳은 걸어 갈 수 있었어.

*** 은덕** 어디 그뿐이야? 우리 아파트 1층 상가에 있는 만두가게 오픈 시간에 맞춰 하루를 시작했잖아. 숙식이 완벽하게 해결되니 도시의 만족도도 높아지는 거 아니겠어?

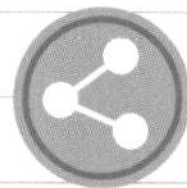

만난 사람: 10명 + α

우리를 미각의 세계로 안내한 만두가게 직원들, 친절하게 맞아 주던 대만 출판사 직원들.

방문한 곳: 5곳 + α

매일 아침 들렀던 만두가게, 도심 곳곳에 흩어져 있던 대만 출판사.

No. 맺음말

Date.

불편할 뿐이지 부족하지 않아

"우리 한국에 가서 뭐 하고 살지? 통장에 잔고가 진짜 제로야. 집은 어떻게 구하냐?"

2년 동안 한 달에 한 도시씩 머물면서 천천히 지구를 여행했고 그 결과 빈털터리 부부가 되어 한국에 도착했다. 물론 꿈만 꾸던 세계여행을 다녀왔고 우리의 여행이 책으로 나왔지만 통장을 들춰볼 때마다 느껴지는 현실의 무게는 어쩔 수 없다. 아슬아슬한 생활비를 생각하면 직장을 구해야 했지만 글을 쓰면서 살겠다고 마음먹은 이상 이전의 삶으로 돌아가고 싶지 않다.

한국에서 우리는 현실과 이상의 갈림길에 섰다. 한국에 돌아오면 어떻게든 부모님이 우리 두 사람이 살 공간은 마련해 주실 거라는 대책 없는 믿음이 보기 좋게 깨졌다. 함께 살자는 부모님의 권유를 뿌리치고 월세 집을 구했다. 보증금 1,000만 원을 겨우겨우 만들어서 계약은 했지만 월세 60만 원은 매달 우리의 목을 조여오는 무시무시한 액수다. 팔자 좋게 세상 여기저기를 유랑하던 세계 여행자가 가난한 서울살이를 시작한 것이다.

우리는 서울살이를 여행의 연장이라 생각하기로 했다. 월세가 60만 원이라고 생각할 때는 그렇게 숨이 막히더니 하루에 2만 원짜리 숙소에 산다고 생각하니 나쁘지만은 않다. 유럽에서는 고작 방 한 칸을 빌릴만한 돈이었는데 지금은 집 전체를 쓸 수 있으니 얼마나 다행인가. 여행 중 부모님 집에 맡겼던 짐을 이사하기

No.

Date.

전 정리했는데 그중 절반 가까이가 필요 없는 물건이었다. 여행을 떠나오기 전 우리가 짊어지고 살았던 것 대부분은 알 수 없는 미래를 위한 쌓아 두고만 있던 미련함의 산물이었다.

새롭게 시작하는 서울살이를 위해 최소한의 비용으로 살아가는 법을 배워야 했다. 커피숍에 가는 일, 술집에 가는 일, 식당에 가는 일은 모두 자제하기로 했다. 휴대폰도 5만 원을 충전해서 1년 동안 번호를 유지할 수 있는 선불 유심칩을 끼웠다. 불편한 삶이기는 했지만 이 모든 것은 새로운 여행지에 도착했을 때 우리가 했던 방식이다. 불편한 것이지 부족한 것이 아니다.

요즘은 불안보다 설렘이 더 크다. 잘할 수 있을까 하는 고민보다는 해 보길 잘했다는 생각을 더 많이 한다. 어린아이처럼 깔깔거리며 웃다가도 다시 안 볼 것처럼 싸우지만 뒤돌아서 화내느라 수고했다며 위로하는 법을 안다. 여전히 큰돈은 없지만 매 순간 하고 싶은 것을 하는 지금이야말로 우리 인생의 호우 시절이다.

이제 정말
끝!